DREAM CHEF

드림 셰프

초판 6쇄 발행 2022년 8월 15일

지은이 이송현
펴낸이 정혜숙　　**펴낸곳** 마음이음

책임편집 여은영
등록 2016년 4월 5일(제2016-000005호)
주소 03925 서울시 마포구 월드컵북로 402, 9층 917A호(상암동 KGIT센터)
전화 070-7570-8869　　**팩스** 0505-333-8869　　**전자우편** ieum2016@hanmail.net
블로그 http://blog.naver.com/ieum2018

ISBN 979-11-960132-6-4 43810
　　　　979-11-960132-5-7 (세트)
CIP2017011300

★ 드림셰프 ★

이송현 지음

차 례

"세상에는 빵 한 조각을 위해 죽는 사람도 많다……."

1. 독고

"동작 그만!"

불시에 검사가 시작되었다. 아이들이 투덜대는 소리가 교실에 가득했다. 들개가 교탁 앞에 서자 불평하던 소리들이 순식간에 잦아 들었다. 학주의 별명은 들개였다. 길들여지지 않는, 천적이 없는 무법자라서 들개라는 소문도 있고, 불순한 냄새를 귀신같이 맡는다고 들개라는 소리도 있었다. 이유야 어쩌하든 그는 이름보다는 아이들 사이에서 들개로 통했다.

창가 쪽부터 복장, 물품, 두발, 용모 검사가 시작되었다. 햇살이 좋은 아침이었다. 창을 통해 들어오는 햇살이 검사 받는 아이들의 찌푸린 낯을 속속들이 비추었다. 손톱 검사라니, 웃음이 나오려고 했다. 보육원에서도 이런 식으로 애들을 쭉 세워 놓고 손톱 검사 따위는 하지 않았다. 들개의 개성을 높이 사야 하는 것일까.

나는 아무 생각 없이 손을 쓱 내밀었다. 나의 문제는 손에서부터 시작되었다.

"이건 또 뭐야? 웬 낙서야?"

들개의 목소리가 날카로워졌다. 들개의 레이더망에 걸린 나는 좋은 먹잇감이었다.

내 별명은 도화지. 좋게 말해 도화지고 흔히 애들은 나를 두고 '낙서판'이라고 부른다. 대놓고 낙서판이라고는 하지 않고 뒤에서 수군대는 것을 나는 애써 모른 척해 준다. 배짱 없어서 자신이 하고 싶은 말도 대놓고 하지 못하는 겁쟁이들.

"대답 안 해?"

나는 내 몸의 문신이 낙서라고 생각하지 않는다. 그래서 들개의 질문에 대답할 필요가 없다고 결론지었다. 하지만 들개의 생각은 나와 다른 모양이다. 흉터가 길게 난 뺨이 씰룩거렸다. 화가 났다는 증거다.

들개의 지휘봉이 내 손등을 쿡 찍어 눌렀다. 손등에 새겨진 세족오가 빨갛게 물들어 갔다. 나는 꿈쩍도 하지 않았다.

"소매 풀어! 웃통 벗어!"

여전히 나는 한 마디도 하지 않고 반항도 하지 않았다. 들개가 시키는 대로 조용히 따를 뿐이었다. 셔츠의 제일 윗 단추, 그다음, 다음, 또 다음……. 마지막 단추를 다 풀고 셔츠를 벗었다. 반팔이 드러났다. 아이들의 숨소리가 멈췄다. 팔에 가득 그려진 문신을 본 것이다. 들개의 숨소리도 들리지 않았다.

들개의 지휘봉이 반팔 소매를 어깨 위로 들어올렸다. 어깨가 드러났다. 아마도 들개는 기하학적으로 새겨진 박쥐를 발견했을 것이다. 박쥐문은 장수를 상징했다. 들개는 같은 방식으로 반대편 소매도 들어올렸다. 연꽃문이 새겨진 어깨는 건강과 복을 뜻했다.

"핫!"

웃음도 탄식도 아닌 기괴한 감탄사가 들개의 입에서 흘러나왔다. 그제야 나는 들개와 시선을 마주했다.

"아버지 모셔 와!"

그것은 권유나 부탁이 아닌 명령이었다.

"없는데요."

지금 들개의 표정으로 봐서는 당장에라도 나를 물어뜯을 기세였다.

"애비 없는 새끼가 세상 천지에 어딨어!"

세상에는 들개가 모르는 또 다른 세계도 존재하는 법이다.

"여깄는데요."

그 누구도 내 눈을 똑바로 보며 질문하지 않는다. 나는 나를 방어하는 나름의 갑옷으로 무장했다.

내 팔을 휘어 감은 문신을 본 사람들은 하나같이 겁먹거나 외면할 뿐이었다. 애고 어른이고 할 것 없이 내 몸의 문신을 본 사람들의 눈빛은 하나같이 똑같았다. 양아치 새끼, 쓰레기 같은 놈, 뭐가 되려고 저러나, 안 봐도 뻔해, 인생 패배자가 될 게다, 하는 창의력이라고 눈 씻고 찾으려야 찾을 수 없는 뻔한 시선들이다. 그러나 댕이는 달랐다. 내 몸뚱이의 낙서를 그림으로 봐 준 최초의 여자애였다.

가끔 나와 시선을 마주친 자들에게 했던 말을 댕이에게 해 줬다.

"난 아무거나 새기지 않아."

분명 뜬금없는 소리였다. 내 말을 끝까지 듣는 사람은 없었다. 모두들 내가 '난'이라고 입을 떼자마자 시선을 돌린 채 황급히 달아났다. 댕이는 어깨에 드러난 나의 그림을 찬찬히 바라보았다. 새까만 눈동자가 빛나고 있었다. 가슴이 철렁 내려앉는 순간이었다.

"그러게. 이건 예술이다, 그림이 묘해."

팔뚝에 새겨진 문신에 손을 뻗던 댕이가 멈칫했다. 딱딱한 심장이 부드럽게 풀리는 것 같았다. 우유에 흠뻑 적신 카스텔라처럼, 막 뽑은 가래떡처럼 부드럽고 말랑거렸다.

"만져 보고 싶어?"

"아냐. 신기해서…… 이런 그림은 처음이거든."

"낙서가 아니니까. 의미가 있는 그림이야."

나는 내 몸뚱이에 아무거나 새겨 넣지 않았다. 내 몸에 새긴 문신은 일종의 추모 의식이었다. 언젠가 쇄골 바로 아래부터 시작해서 발목, 그러니까 복숭아뼈 바로 위까지 가득한 그림들이 내 몸뚱이에 꽃처럼 피어날 것이다.

"무슨 그림인데?"

"떡살, 우리 할아버지가 평생 찍었던 떡살 무늬들."

나를 '사람 새끼'라고 불러 준 건 할아버지뿐이었다. 할아버지는 평생을 떡과 함께 살았다. 쌀가루를 빻고 치대고 찌면서 지문이 닳도록 일했다. 내 몸뚱이를 휘어 감은 것은 떡살 무늬였다. 절편을 만들 때면 할아버지는 손수 만든 떡살로 절편에 무늬를 찍었다. 새하얀 도화지 같은 절편에 찍는 무늬가 마음에 쏙 들었다. 말랑거리는 떡 위에 새겨진 떡살 무늬는 다양한 이야기를 담은 한 편의 시였다.

"나도, 나도."

"으응?"

"할아버지, 내 여기에도 찍어 줘. 꾹꾹 찍어 줘."

식지 않은 말랑한 절편에 떡살 무늬를 찍을 때면 나는 팔이나 등을 내밀며 내 살에도 떡살 무늬를 만들어 달라고 졸랐다.

그런 행동은 내가 할아버지에게 입양이 될 때까지 계속되었다. 할아버지는 내가 조를 때마다 내 입에 막 찍어 낸 절편 하나를 넣어 주었다. 그리고 '참 잘했어요.' 도장을 찍듯 내 작은 손등에 떡살 무늬를 꾹 찍어 주었다. 작고 여린 손이 행여나 다칠까 슬쩍 찍은 탓에 할아버지는 두세 번 이상 떡살을 내 손등에 찍어야만 했다. 손등에 남은 떡살 무늬 자국이 사라질 때까지 나는 오래된 나무 의자에 앉아 손등을 바라보았다. 사라져 가는 떡살 무늬를 지켜보는 일은 슬프고 두려웠다. 매번 눈물이 날 것만 같았다.

나는 누군가의 기억에서 사라져 간다는 것, 잊혀져 간다는 것을 잘 아는 어린애였다. 그리고 그것이 얼마나 무서운 일인지 누구보다 몸으로 아는 존재가 나였다.

나는 사라져 가는 떡살 무늬 같은 아이였다. 두 번의 파양, 나에게 매달려 있는 나의 역사였다.

나 역시 분명 누군가의 아들이었을 것이다. 세상에 저절로 떨어지는 생명은 없을 테니까. 철모를 코흘리개였을 때에는 보육원의 원장 수녀님 말씀대로 학이 떨어뜨리고 간 아이라는 말을 믿었지만, 마스터베이션을 마스터한 마당에 학 이야기는 어처구니가 없었다.

첫 번째 파양 때 나는 학을 원망하기도 했다. 학은 왜 내 무게를 이기지 못해 나를 기다리는 엄마, 아버지한테 운송 배달의 책임을 완수하지 못했는가, 학을 저주하기도 했다. 보육원 놀이방에 있는 책장에서 『조류 대백과사전』을 찾고서 나는 비참함에 몸부림쳤다. 내 얼굴은 눈물과 콧물로 잔뜩 흐려져 있었다. 『조류 대백과사전』속의 학은 고고해 보였다. 아이를 부모에게 제대로 배달하지 못하는 날짐승이 고고한 자태라니! 칼라 사진의 학을 뚫어져라 보며 나의 처지를 절감했다. 누군가의 '귀한 아들'이 되는 운명은 내 몫이 아니구나. 나를 보따리에 넣어 들기에 학의 다리는 너무나 가늘었다. 그 가는 다리에 내 운명을 의탁해야 했으니, 내 신세도 처량했다.

첫 번째 파양은 여섯 살 때였다. 나는 귀엽고 깜찍한 여아가 아니었다. 심술궂고 지나치게 건강한 개구쟁이였다. 축구공을 뻥뻥 차는 내 발힘에 매료된 사내가 나를 입양했다. 나의 첫 번째 양아버지는 조기 축구회 회장직을 맡고 있는 사람이었다. 나를 데리고 가기 위해 보육원으로 온 날, 첫 번째 아버지는 내 손을 잡고 말했다.

"너를 꼭 프리메라리가 최고의 축구 선수로 키워 주마. 우리 함께 공을 차자꾸나."

집으로 가는 길에 첫 번째 아버지는 나에게 축구공을 사 주었다. 보육원 아이들과 차례를 기다리며 돌려쓰는 공이 아닌 나만의 첫 번째 공이었다. 낯선 환경에 더럭 겁도 났지만 축구공이 있어서 괜찮았다. 첫 번째 아버지에게 내가 건넨 최초의 말은 이랬다.

"공에 내 이름 써도 돼요?"

첫 번째 아버지는 웃음소리가 지나치게 큰 사람이었다. 하하하! 크게 웃더니 검정 매직펜으로 축구공 한가운데에 '유용'이라고 적었다. 내 이름은 '유용'이 되었다. 하지만 프리메라리가가 스페인 프로축구 1부 리그라는 사실을 알기도 전에 첫 번째 아버지에게 나는 더 이상 유용한 존재가 아니었다. 아이가 없어 나를 입양했던 아버지는 자신의 진짜 아이가 생기자 나를 파양했다. 다시 보육원으로 되돌아오는 버스 안에서 나는 창밖의 하늘을 보았다. 아이를 배달하는 학이 첫 번째 아버지 집으로는 배송 임무를 제대로 완수한 모양이었다. 4대 독자였던 첫 번째 아버지는 가문을 잇기 위해 아들을 기다렸고, 기다림에 지쳐 나를 입양한 것이었다. 선행은 하늘도 알아준다는 자신의 신념 때문이었는지, 어떻게든 대를 이으라는 집안 어른들의 성화 때문이었는지, 첫 번째 아버지는 제 핏줄을 잇는 아들을 가졌다. 그리고 그의 선택에 따라 나는 버려졌다.

두 번째로 나를 입양한 집안은 부유했다. 제법 성공한 사업가인 두 번째 아버지는 스케일부터가 첫 번째 아버지와 달랐다. 축구공에 이름을 적는 것이 문제가 아니라, 나는 새 축구화도 갖게 되었다. 뿐만 아니라 발에 닿는 것은 무조건 차는 나의 버릇을 알게 된 후부터 두 번째 아버지는 나를 유소년

축구단에 입단시켰다. 일곱 살의 나는 광이 번쩍이는 노란 축구화를 신고 잔디밭을 구르고 뛰었다. 또다시 입양을 가던 날, 사람들은 나를 두고 말했다.

"운이 좋은 아이구나. 이렇게 다 큰 남자아이가 파양 일 년도 채 되지 않아 또 새로운 부모를 만나다니 말이야."

발끝에 와 닿는 축구공이 유난히 잘 맞던 날, 두 번째 아버지 사업이 부도가 났다. 부자는 망해도 삼 년은 버틴다던데 두 번째 아버지는 망해도 삼 년을 버텨 낼 부자는 아니었나 보았다. 나는 또다시 버려졌다.

버려질 때마다 이상하게도 식욕이 괴물처럼 늘어 갔다. 끼니를 눈 깜짝할 사이에 해치우는 것은 물론이고, 먹을 것과 먹을 수 없는 것의 구분까지 힘들어지기 시작했다. 수돗가의 물은 당연하고 더러 쓰레기통도 뒤졌다. 땅에 떨어진 과자 부스러기나 빵 쪼가리도 마다하지 않았다. 그래도 허기가 가시지 않는 날에는 보육원 마당 구석의 나무 그늘에 앉아 흙을 씹었다. 천천히 흙을 씹으면 눈물을 참을 수 있었다. 이 사이에서 작은 모래 알갱이들이 '토독' 소리를 내며 부스러졌다. 부스러진 작은 돌멩이나 모래 알갱이들은 가루가 되어 흔적도 없이 사라졌다. 마치 나와 같았다.

"다른 건 다 먹어도 흙은 그만 먹어라. 회충 생겨."

노인이었다. 한 달에 한 번씩 보육원을 잊지 않고 찾아오던 백발이 무성한 노인이었다. 언제부터 노인이 보육원을 찾았는지 기억나지 않았다. 내가 태어나기도 전부터 걸음을 한 것 같았다. 나에게 과거를 기억할 수 있는 능력이 생기면서부터 주말이면 보육원을 찾던 노인은 떡집 주인이라고 했다. 백발의 노인은 커다란 보자기 안에 갖은 종류의 떡을 골고루 싸 왔다. 쑥떡, 바람떡, 팥떡, 호박떡, 백설기, 꿀떡, 가래떡. 내가 가장 좋아했던 떡은 절편이었다. 노인은 절편을 가져와 조청에 찍어 먹게 해 주었다. 가끔은 절편을 직접 만들어 보이기도 했다. 막 만들어 낸 뜨끈한 절편에 떡살을 이용해서 무늬를 새기는 노인의 두터운 손에 자꾸만 눈길이 갔다.

파양의 끝에 다시 보육원으로 돌아오면, 다른 누구보다도 매달 보육원에 찾아오는 떡 노인의 얼굴을 보는 것이 죽기보다 싫었다. 일부러 노인을 피하기도 했다. 노인은 나를 보지 못한 날에는 내 몫의 떡을 맡기고 돌아갔다.

그런 노인에게 흙을 씹는 모습을 들키다니, 그 어느 때보다 나 자신에게 화가 났고 죽고 싶었다. 이유를 알 수 없는 허기에 미칠 것만 같았다. 나의 허기를 달래 줄 것도, 이 저주받을 허기가 어디에서 왔는지 알려 줄 사람도, 이 세상에는 없었다.

노인은 내 손을 잡아주며 주먹 안에 쥔 흙을 바닥에 떨구게 만들었다. 손마디 뼈가 부서져라 쥐고 있던 주먹이, 노인의 두터운 손이 주는 온기 하나에 힘을 잃었다.

세상에 태어나 내가 숱하게 한 일이라고는 울지 않는 것이었다. 그런데 제대로 울고 싶어졌다. 내 손바닥을 펴서 흙을 털어 내더니, 노인은 절편 하나를 쥐어 주었다. 새하얀 절편은 따뜻하고 부드러웠다. 나는 눈에 힘을 잔뜩 주고 절편을 뚫어져라 보았다. 작은 도화지 같은 떡에 생전 보지 못한 문양이 자리 잡고 있었다.

"삼족오다. 신화 속에 나오는 발이 셋 달린 까마귀지."

나는 묘하게 생긴 떡 속의 새를 가만히 눈으로 어루만졌다.

"난 새 중에서 이 삼족오가 가장 좋다. 해 속에 사는 새거든."

고개를 들어 노인의 얼굴을 똑바로 바라보았다. 두 번의 파양 후, 처음으로 노인과 시선을 마주했다. 나는 '해 속에 산다'는 그 말이 참으로 좋았다. 노인의 눈동자가 태양처럼 보인 것은 왜일까. 목이 메어 왔지만, 내색하지 않으려고 절편을 꾸역꾸역 씹어 삼켰다.

"네가 먹은 건 건강이다. 마음이 아픈 거지? 건강해지고 싶었구나. 하나 더 먹어라."

"……."

나무 그늘 아래에서 해가 지도록 나는 떡을 배불리 먹었다. 떡을 먹는 속도가 점점 느려졌고 노인의 이야기에 귀가 열렸다. 노인이 운영하는 떡집 이름은 〈설화〉라고 했다.

"왜 떡집 이름이 설화인지 아냐?"

"……"

"내가 만든 떡에는 아주 오랜 이야기들이 숨어 있거든. 내 떡을 먹는 사람들은 수많은 이야기를 먹는 셈이지. 이야기는 쉽게 배를 꺼뜨리지 않아."

배를 꺼뜨리지 않는 떡. 앞으로 나는 흙을 씹지 않게 될 것이라는 예감이 들었다. 그리고 초등학교 졸업식 날, 노인은 나에게 무지개 백설기를 들고 찾아왔다. 드디어 내 운명에 무지개가 뜬 날이었다.

"용아, 넌 내 새끼다."

졸업식이 분명 슬펐던 것은 아니었는데 나는 졸업식장에서 그 누구보다 많이 울었다. 앞이 보이지 않았다. 일기예보에서 2월 22일은 그 어느 날보다 화창하고 맑은 날씨라고 했다. 교과서에서 배웠던, 세상에 존재하는 우기가 내 눈으로 몰려든 느낌이었다. 나는 세상의 그 어떤 졸업 선물보다 위대한 것을 선물 받았다. 내 이름은 독고용. 떡 노인의 이름은 독고탁이었다. 만화 속에서나 등장한 이름이었고 만화 같은 일이 나에게 벌어졌다.

떡집 〈설화〉로 향하는 날에 나는 그동안 끌어안고 자던 낡은 축구공을 버렸다. 미련은 없었다. 내가 맛보게 될 수많은 떡들이 궁금할 따름이었다.

몸에 새로운 그림을 새기고 나면 나는 늘 고기가 당겼다. 차돌박이, 삼겹살, 등심, 안심, 채끝살, 갈매기살 가릴 것이 없었다. 주머니 사정이 좋지 않을 뿐이지.

"용용, 진짜 안 아파?"

댕이 붉은 기가 가시지 않은 내 피부를 주시했다. 걱정스런 시선을 건네는 댕이가 오늘따라 달라 보였다.

"으아! 왜 이러지? 살갗이 타들어 가는 것 같아. 으아아악!"

"어떡해! 야, 왜 그러는데? 용용! 일단 구급차 부르자! 그 다음에 내가 타투 가게 신고해서 가만 안 둘 거야!"

내가 죽겠다고 쇼를 하는 마당에도 일의 순서를 정하다니! 세상에 이런 여자애 또 없을 거다.

댕이의 이름은 지종달이다. 지지배배 종달, 댕이는 쉬지 않고 떠들어 댔다. 남자애들은 그런 종달을 보고 쉬지 않는 주댕이라고 놀렸다. 간혹 모터 마우스라고 부르는 애들도 있지만, 감성적인 성향의 댕에게 기계 성향의 별명은 안 어울렸다. 작은 체구에 어울리지 않게 대인배의 마인드를 갖고 있는 종달은 주댕이란 놀림에 피식 웃는 것이 반응의 전부였다. 나는 그래도 친구니까, 댕이라고 부른다. 귀여운 어감이 마음에 들었다. 댕이는 자신을 댕이라고 부르는 걸 싫어했다. '해피, 쫑, 바둑이'같이 애완견이 된 기분이라고 투덜댔다. 하지만 내가 댕, 하면 늘 한결같은 톤으로 왜, 하고 대답했다.

댕이 말로는 한때 '지지배배 종달'이라고 불리기도 했지만 자신의 이름에 근원 없는 분노를 갖고 있던 댕이가, 초등학교 5학년 때 자신을 '지지배배 종달'이라고 부르는 녀석의 턱주가리를 어퍼컷을 날려 쓰러뜨린 후로 그 누구도 댕이를 '지지배배 종달'이라고 부르지 않았다고 했다.

새 문신을 손등에 새겼다. 어깨부터 시작된 문신이 손등까지 내려왔다. 댕은 문신을 새기는 것을 꼭 보고 싶다고 했다. 따라가고 싶다기에 귀찮지만 데려와 줬더니, 내 손등에 바늘이 들어갈 때마다 옆에서 움찔거려 여간 신경 쓰이는 것이 아니었다. 오죽하면 문신 가게 주인 아티스트 쿠가 댕의 모습을 보고 나에게 귓속말을 했다.

"내가 니 살에 작업하고 있냐, 아니면 저 여자애를 찌르고 있냐?"

고통이 없다는 것은 거짓말이다. 살갗을 찌르는 느낌에 식은 땀이 흘렀다. 그러나 살갗에 생기는 상처는 아무것도 아니다. 핏망울은 살갗에 흐르는 것보다 가슴속에 흐를 때 더 고통스럽다는 사실을 나는 잘 알고 있었다.

처음 몸에 문신을 한 것은 열다섯, 혹독한 겨울이었다. 날씨도, 내 마음도 견디기 쉽지 않은 나날이었다. 성적은 늘 바닥이었다. 그렇다고 성적 때문에 괴롭거나 우울하지 않았다. 할아버지는 내 성적을 보고도 큰 소리를 내지 않았다. 뜨끈하게 쪄

낸 백설기를 건네며 할아버지가 한 말이라고는, "인생에서 시험이 어디 이번 한 번뿐이더냐!"다. 그리고 "성적표를 보고 양아들을 삼았다면 널 데려오는 일은 없었을 거다."라며 내 팔을 쓱쓱 문질러 주는 것이 전부였다. 그러나 담임은 할아버지와 같은 생각을 가진 사람이 아니라는 것이 문제였다. 담임은 줄 세우기를 좋아하는 사람이었다. 일등부터 꼴등까지, 잘 사는 집부터 못 사는 집까지, 착한 놈부터 말 안 듣는 놈까지, 일찍 다니는 놈부터 지각하는 놈까지. 뒷줄에 선 아이들은 담임에게 있어서 무용지물에 속했다. 나는 무용지물 중에 VVIP 무용지물이었다.

"독고용. 네 진짜 성, 독고 맞냐?"

"네?"

종례를 마치고 담임이 다짜고짜 큰 소리로 나에게 물었다. 반 아이들이 일제히 가방을 챙기다 말고 나를 돌아봤다. 얼굴이 화끈거렸다.

"너, 이 자식. 성적이 그게 뭐냐? 그래 갖고 계속 집에 붙어살 수 있겠어? 양아버지가 너 입양할 때 꼴찌 하라고 입양했냐?"

붙어살 수 있을까, 입양, 꼴찌……. 나는 이 단어들의 상관관계를 이해하기에 아직 모자란 십 대였다. 갑자기 배가 고팠다. 잊고 있었는데, 허기가 졌다. 흙이 씹고 싶어졌다. 작은 모래가 입안에서 으깨지는 쾌감을 느끼고 싶다는 생각에 혀를 깨물었다. 담임은 나를 향해 차디찬 시선을 주더니 교실 밖으로 나 갔다.

독고용이 된 이후로 나는 울지 않았다. 무엇보다 허겁지겁 무언가를 집어먹는 일이 없었다.

우리 집 부엌에는 식재료가 늘 풍부했다. 집안 경제 사정을 본다면 이렇게 많은 식재료를 구비해도 좋을까, 살짝 염려스러울 정도였다. 나는 그것이 할아버지와 할머니의 마음임을 깨달았다. 입양된 후에도 배고플 때면 마당의 흙을 집어먹는 나를 발견하고부터였다. 할아버지는 냉장고와 부엌 베란다에 식재료를 채우는 일을 게을리하지 않았다. 부엌은 나의 놀이터였다. 맘껏 먹고 이것저것 만들었다. 가게 일을 마치고 귀가하는 할아버지를 위해 나는 자연스레 식사 담당이 되었다.

입양이 되고 나서 할머니는 당신의 죽음을 예견이라도 한 사람처럼 나에게 간단한 상 차리기를 가르쳐 주었다. 할머니에게 엄마, 라고 부르기도 전에 할머니는 세상을 떠났다. 나는 그녀에게 엄마라고 부르지 못한 것이 내내 마음에 걸렸다. 그래서일까. 밥상 차리는 일을 묵묵히 해냈다.

나의 첫 밥상은 실패작이었다. 물엿이 반지르르하게 코팅된 멸치볶음을 먹고 싶었던 나는 무슨 자신감에서인지 멸치를 볶았다. 축구공처럼 단단하게 굳어 버린 멸치볶음, 서걱거리는 두꺼운 호박전, 싱거운 된장찌개, 그나마 제대로 된 것은 계란

프라이였다. 하지만 할아버지는 아무 불평도 하지 않았다.

"보기만 해도 배부른 밥상은 내 생전 처음이다. 먹자."

배부른 밥상의 의미는 두 가지로 해석될 수 있었다. 먹음직스럽다 아니면 먹기도 전에 비주얼로 보아 사양하고 싶으니, 배부르다고 치자. 하지만 나는 읽어 냈다. 할아버지의 눈빛은 전자에 가까웠다. 시간이 흐를수록 나는 자신감을 갖고 밥상을 차렸으며 여유 있게 먹는 법을 터득했다. 할아버지와 나의 밥상은 조용하고 간결했으나 포만감이 가득했다.

하지만 내 진짜 성이 독고 맞느냐는 담임의 말에 갈가리 찢긴 내 위장에 문제가 생겼는지 나는 미친 듯이 먹어 댔다. 꾸역꾸역 닥치는 대로 입에 넣는 나를 할아버지는 가만히 지켜보다가 먹을 것을 더 챙겨 주었다. 결국 급체해서 자정 무렵, 병원 응급실로 실려 가고 말았다.

응급실에 누워 링거를 맞으며 나는 울었다. 할아버지는 눈물을 닦아 줄 뿐 아무 말도 없었다. 나는 조바심이 났다. 왜 아무것도 묻지 않는 것일까. 친아들이었다면 무슨 일이 있었냐고 묻지 않았을까. 하지만 누군가의 친자식으로 살았던 적이 없던 나로서는 알 길이 없었다.

링거를 다 맞아 갈 무렵이 되자 나는 두려워졌다. 할아버지가 나를 집으로 데려가지 않으면 어쩌나 하는 생각이 불쑥 머릿속을 헤집었다. 투명한 병 속의 링거액은 점점 줄어들었다.

조급해진 나는 할아버지의 손을 잡았다.

"나…… 집에 갈 수 있는 거죠?"

메마른 목소리가 흘러나왔다. 나를 물끄러미 쳐다본 할아버지는 내 손을 꽉 움켜잡았다.

"그럼, 집에 가야지. 내 새끼가 어딜 가겠어."

별 하나 뜨지 않은 밤길이 그토록 밝아 보이기는 처음이었다. 그 후로 나는 어둠이 두렵지 않은 열다섯, 열여섯, 열일곱, 열여덟이 되었다. 나는 오랫동안 가슴에 담아 두었던 말을 작은 목소리로 꺼냈다. 밤의 적막 때문이었는지 내 목소리는 결코 작지 않았다. 고백하듯, 할아버지에게 나의 성이 기억나지 않는다고.

대문 앞에 서서 할아버지는 내 어깨를 짚고 대문 옆 명패를 똑바로 바라보게 했다.

"뭐라고 적혀 있냐?"

"독고탁."

자신의 이름을 발음하는 내 입매를 할아버지는 진지한 눈빛으로 바라보았다.

"그래, 독고. 용, 네 성은 독고야. 지금도 앞으로도 영원히. 내가 죽어서도 넌 독고용이야."

교복 가슴팍에 달린 명찰에 새겨진 '독고'라는 성이 팔에 새겨진 것이 그 무렵이었다.

첫 문신이었다. 잊고 싶지 않았다. 팔의 문신을 보고 할아버지는 혀를 찼다. 어른들에게 문신이 결코 반가운 것이 아니라는 것을 잘 알고 있었다. 나는 할아버지에게 오해 받고 싶지 않았다. 불쑥불쑥 불안감은 언제 어디서든 튀어올랐다.

"할아버지, 이 문신은…… 그러니까 왜 새긴 거냐면……."

내일 만들 떡 반죽을 준비하던 할아버지가 마감을 도우러 나온 나를 한 번 힐끗 보더니 주변을 정리하기 시작했다.

"왜에? 이 할애비가 네 가슴팍에 명찰 떨어지면 너, 독고용인지 못 알아볼까 봐 몸뚱이에도 새긴 거냐?"

그게 전부였다.

할아버지가 떡집 문을 닫고 학교로 찾아왔다. 엄청난 양의 떡을 교실과 교무실에 풀었다. 담임은 할아버지가 손수 짊어지고 온 떡을 보고 난처해했다. 정확히 말하면 떡이 담임을 난처하게 한 것이 아니라, 떡을 건네며 내뱉은 할아버지의 말이었다.

"이렇게 공부 못하는 놈 가르치기 쉽지 않을 텐데 선생님 노고에 제가 할 수 있는 것이 이것뿐입니다."

"아…… 예."

떨떠름한 담임의 대답이 못마땅했는지 할아버지는 아주 큰 소리로 담임에게 한마디 더 건넸다.

"이 놈이 꼴찌한다고 얘 이름을 모르는 건 아니시죠, 선생님? 얜, 내 아들 독고용입니다. 독고 가문의 장손입니다.”

나의 성을 힘주어 말하는 할아버지의 모습이 보기 좋았다. 할아버지가 주름진 눈으로 나를 향해 윙크했다. 눈가에 켜켜이 내려앉은 주름이 건네는 그 다정한 마음을 나는 조금은 쑥스러운 기분으로 받아들였다.

문신을 하고 집으로 돌아오는 길에 나는 댕이에게 물었다.

“댕, 넌 뭐 좋아해?”

‘좋아한다’는 말에는 여러 가지 의미가 숨어 있기라도 하듯, 댕이는 눈을 게슴츠레 뜨고 나를 쳐다본다. 한참을 생각할 줄 알았는데 금세 픽, 하고 웃는다.

“고기.”

살다 살다, 좋아하는 게 뭐냐고 묻는 남자애한테 ‘고기’라고 말하는 여자애는 지구상에 댕이밖에 없을 것이다. 늘 붙어 다니면서도 댕이가 뭘 좋아하는지 한 번도 물어본 적도, 궁금한 적이 없다는 사실을 알았다. 에라, 기분이다. 나는 버스에서 내려 댕이의 손을 끌고 정육점으로 향했다. 삼겹살로 해결하려고 했는데 안심이 좋단다. 하고 많은 부위 중에 하필이면 왜 안심이냐고 투덜댔더니 한다는 소리가,

“안심되잖아. 안심.”

진짜 유머 감각 하나는 바닥이다. 학업 우수와 유머 감각은

아무 상관이 없다는 것이 판명되는 순간이었다.

"할아버지, 함께 고기 드세요."

"고기?"

"네, 안심 구울 거거든요. 용이 쏘는 거예요."

할아버지가 나에게 묘한 눈빛을 던졌다.

"용이 쏘는 안심이라…… 아들 새끼 다 소용없다더니 딱이구나."

나는 여자 때문에 안심을 사고 안심을 굽기로 결심했다. 따라서 할아버지가 나를 노려본다고 해도 물러설 생각은 없었다. 할아버지는 내게 눈을 찡긋하더니, 우리끼리 구워 먹으라고 했다.

'할아버지의 눈에 문제가 생겼나? 왜 찡긋거리시지?'

거실에 신문지를 펴놓고 앉아 고기를 굽기로 했다. 우아하게 대접해 보라고 댕이 잔소리를 해댔지만, 나는 '우아' 같은 건 안 키우니까 나중에 딴 놈한테 대접 받으라고 했다. 불판 위에 지글대는 소리가 음악 소리 같았다. 텔레비전 채널을 이리저리 돌렸다.

"스톱!"

댕이가 내 손에서 리모컨을 빼앗으며 소리쳤다. 깜짝 놀라는 바람에 불판에 손끝이 닿았다.

"앗, 뜨거! 야, 댕!"

"용용! 너, 저기 나가."

"어딜 나가? 야, 여기 우리 집이야."

나는 댕의 시선을 따라 고개를 돌렸다.

Dream Chef KOREA, 당신의 인생을 요리하라!

불판 위에서 안심이 먹음직스럽게 익어 가고 있었다. 안심을 이 정도로 구웠으면 됐지, 내 인생까지 구워야 하나?

"내가 왜 저기 나가야 하는데?"

"너, 고기를 좋아한다는 여자 어떻게 생각해?"

"어떻게…… 라니?"

아무래도 댕이 너무 비싼 안심을 먹어서 정신이 없나 보다.

"그 애는 나한테 제대로 된 고백도 못 하고 손도 한 번 제대로 잡아 볼 용기도 못 냈어. 뜬금없이 난 고기가 세상에서 제일 좋아, 라고 말하는 나한테 안심을 구워 줬어."

아주 듣자 듣자 하니, 얘가 못하는 소리가 없다. 누가 뭘 구워?

"그 애? 걔가 누군데?"

"내 첫사랑."

"너, 이씨…… 댕. 너, 남자 좋아했어?"

웃자고 한 소린데 댕의 표정이 심각했다. 댕이의 첫사랑은 한우 안심과 함께 댕이의 머릿속에 깊게 자리 잡고 있는 것 같았다. 지구상에서 안심 굽는 냄새가 사라지기 전에는, 세상에 존재하는 쇠고기들의 고깃살에 촘촘히 박힌 마블링을 모조리 도려내기 전까지 댕이는 결코 녀석을 잊지 못할 것 같았다. 댕이의 눈빛이 그랬다. 무턱대고 고기가 좋다는 여자애한테 용돈을 탈탈 털어 집으로 데려가 온종일 고기를 구워 주는 남자애라니. 답은 다 나왔다. 그런데 나는 왜 〈드림 셰프 코리아〉에 나가야 한다는 거지?

"그 애는 최고의 요리사가 되는 게 꿈이라고 했어."

"아하?"

꿩 대신 닭인 건가? 나는 이제껏 내가 댕의 첫사랑이라고 믿고 있었다.

"용용, 나는 그때 먹었던 안심 맛을 잊을 수가 없어."

우습기 짝이 없는 소리에 갑자기 온몸이 불끈 달아올랐다. 불 옆이라 열 받나 보다.

"야! 내가 네 첫사랑 놈이랑 무슨 상관이라고 저길 나가……."

텔레비전 화면에 번쩍 하고 숫자가 떴다. 나의 마음을 사로잡는 숫자 3.

드림 셰프 코리아 최종 우승자에게는 상금 3억!

"댕, 내가 안 나가면 저길 누가 나가겠어!"

2. 사탄의 혀

레스토랑 〈夢〉의 인테리어 공사가 끝나 간다. 강남 최고의 프랑스 퓨전 레스토랑이 될 것이라고 아버지는 장담했다. 망하려야 망할 수가 없다는 것이 아버지의 믿음이었다. 대한민국에서 최고라는 풍수학자를 모셔 와 터를 잡은 레스토랑이었다.

내가 봐도 강남 한복판인데다가 지하철 노선 두 개와 버스정류장을 지척에 두고도 망하는 레스토랑이라면 문을 열 필요도 없다. 웬만한 버스 노선은 레스토랑 〈夢〉을 거쳐 갔다.

"여기가 얼마짜리인데? 나 좋으라고 오픈하는 거 아니다. 동빈이 널 위해서야."

아버지는 레스토랑 부지를 살피러 오던 날, 나를 데리고 이곳에 왔다. 하나부터 열까지 나를 데리고 다니며 레스토랑 사업을 시작했다. 신점을 봐서 날짜를 받아 공사를 시작했고 공사 시작 일에는 굿도 했다. 기초 공사를 할 때에는 용한 무당에게서 받아 온 부적을 땅 어딘가에 묻기도 했다. 아버지는 모든 일을 내 손으로 하게 했다. 샛노란 종이 위에 새빨간 글씨가 낯설었다. 부적을 든 손이 온통 빨갛고 노랗게 물들 것만 같았다.

"네가 맡게 될 업장이니, 네 손으로 묻어라."

아버지의 목소리는 단호했다. 벌겋게 달아오른 얼굴로 부적을 받아들었다. 공사를 하던 인부들이 나를 보고 씩 웃었다.

프랑스 퓨전 레스토랑과 어울리지 않게 동양의 무속신앙이 총출동 돼서 시작한 사업이었다.

"나 좋다고 하는 사업 아닌 거, 동빈이 너 알지? 내가 왜 너를 요리과학고에 보내고 죽어라 뒷바라지했는지 한시라도 잊으면 안 된다."

나의 뼛속에는 아버지의 당부가 문신처럼 새겨져 있었다. 아버지는 객관적으로는 당당하고 콤플렉스가 전혀 없는, 사회적으로 자수성가한 사람처럼 보였다. 하지만 주관적인 관점에서 보면 아버지는 행복한 사람이 아니었다. 피해 의식에 사로잡혀 나의 행복 따위는 알 바도 아니고, 알고 싶어 하지도 않는 사람이었다.

아버지는 가난을 피부처럼 입고 태어난 사람이라고 했다. 술에 취하면 아버지는 자는 나를 깨워서 가난을 입고 태어난 자신의 불행한 삶에 대해 침을 뱉었다. 그래서 나에게는 가난을 입히지 않겠다고, 맨손으로 바지락을 까고 길바닥에서부터 시작한 칼국수 장사를 밑천으로 대한민국 최고의 레스토랑을 나에게 주겠다고 이를 갈았다. 레스토랑 사업을 결심하고 가게를 계약한 날 밤, 아버지는 거나하게 술에 취해 들어왔다. 술을 마시되 절대 취하는 법이 없는 사람이 아버지였다.

"나는 드디어 내 꿈의 반을 이뤘다! 빌어먹고 굽실거리는 나를 손가락질하던 인간들, 앞으로 어찌 되나 두고 보라고! 넌 남은 내 반을 채워야 한다, 신동빈!"

아버지를 취하게 만든 것은 술이 아니라, 아버지를 초라하게 만들었던 가난의 굴레였다. 자기 몸을 건사하지 못할 정도로 아버지는 과거의 울분에 빠져 소리 지르며 울고 웃다가 넘어졌다. 장식장 모서리에 이마를 찧었다. 푸르스름한 멍 자국이 새벽의 여명처럼 아버지의 얼굴을 밝혔다.

아버지는 늘 나에게 제대로 된 요리를 하라고 했다. 고무장화를 신고 쪼그리고 앉아 해감하기 위해 어깨가 빠져라 바지락을 문지르는 대신, 풀 잔뜩 먹인 새하얀 조리복을 입고 프랑스어로 된 요리를 만들라고 했다.

"알아듣지도 못할 요리를 만들라고! 동빈이 네가 건네는 메뉴판을 들고 어려워하고 벌벌 떨, 그런 음식을 만들란 말이다! 세상 사람들이 우러러볼 요리사가 되도록 해. 나처럼 바닥에 엎드려 만드는 음식이 아니라 고개를 바짝 들고 만들라고."

대통령이 찾아와 먹고 유명인들이 일 년 전에 미리 예약해야지만 구경할 수 있는 최고급 요리를 만드는 요리사가 되어 달라고 했다. 그렇게만 되면 반드시 나도 행복할 거라고 아버지는 확신했다.

"바지락칼국수를 대통령도 와서 먹었잖아요."

아버지는 무섭게 화냈다. 나에게 손찌검을 하려고 했다. 대통령은 시장통에 있는 아버지의 바지락칼국수집에 진짜로 왔었다. 국물도 남김 없이 맛있게 한 그릇을 비우고 갔다. 신문에도 났고 인터넷 유튜브에 떴고 블로그에도 소개되었으며, 그 후로 선거철이면 정치인들이 가게 문턱이 닳도록 찾아왔다. 아버지의 칼국수집은 서민의 상징이었다.

"찾아온다고 다 같은 게 아니야. 나는 허리를 굽혀 바지락칼국수를 내놓고 그들은 떠나고 나면 바지락 따위는 기억하지도 않아. 하지만 최고급 프랑스 요리는 다르지. 격이 달라. 너는 꼿꼿이 허리 펴고 음식을 내놓고 그들은 그 후에도 따로 예약하려고 아우성일 거다. 너를 찾을 거야."

아버지는 바지락칼국수집 사장이지만 나는 최고급 레스토

랑 〈夢〉의 셰프 신동빈이 되는 거라고 했다.

"아버지, 셰프 스펠링 쓸 줄 아세요?"

"그딴 건 써서 뭐하게? 네가 셰프만 되면 되는 거야. 우리나
라 최고의 셰프."

처음 요리사가 되고 싶었던 것은 아홉 살 때였다. 학교를 마
치고 나면 나는 시장 골목으로 뛰어갔다. 아버지의 칼국수집
이 있는 정다운 골목길은 나에게 제2의 집과도 같았다. 시장
골목에 자리 잡은 바지락칼국수집은 세월이 더하면 더할수록
시장의 명물이 되었다. 아버지는 맨손으로 바지락을 깠다. 손
톱이 발톱이 되도록 바지락을 매만졌다. 나는 어둠 속에서도
아버지의 손을 찾아낼 수 있었다. 손의 감촉이나 느낌 때문이
아니고, 비린내 때문이었다.

시장에 자리 잡은 아버지의 바지락칼국수집에는 간판이 없
었다. 간판 없는 집이 아버지가 경영하는 바지락칼국수집의
이름 아닌 이름이 되었다.

책가방을 메고 가게로 들어서면 아버지는 가게 구석 자리에
상을 펴고 내 몫의 바지락국물을 주었다. 내 몫의 바지락국물
에는 국수가 들어 있지 않았다. 아버지는 내 대접에 언제나 뜨
끈한 밥 한 공기를 말았다. 나는 칼국수 대신 바지락국밥을 먹
은 셈이었다.

"아버지, 나도 이다음에 아버지처럼 바지락칼국수 만들래."

또렷이 기억난다. 자신감 넘치는 내 목소리에 아버지가 분명 기뻐할 거라고 확신했었다. 그러나 아버지의 손이 무섭게 떨렸다. 바지락을 해감하던 손이, 새빨간 고무장갑을 낀 손이 내 등을 후려쳤다.

"집으로 가, 어서!"

태어나서 그토록 무섭게 떨리는 아버지의 목소리도, 손길도 처음이었다. 나는 몸으로 직감했다. 아버지와 나 사이는 이제 예전과 같을 수 없다는 사실을.

밤을 하얗게 지새웠다. 이부자리에 누웠지만 잠이 오지 않았다. 아침이 오고 이불 밖으로 몸을 내밀면 어제와 같은 세상이 올 것 같지 않았다. 뱃속이 요동쳤고 입안에서 바지락국물 냄새가 진동했다. 몇 번이고 속이 뒤집히고 토할 것 같았지만 나는 계속해서 침을 삼켰다. 신물이 넘어와도 꾹 참고 삼켰다. 눈물이 났다. 아버지는 두 번 다시 나를 가게로 불러들이지 않았다. 바지락국물에 밥을 말아 주는 대신, 집에 가서 라면을 끓여 먹든 뭘 먹든 마음대로 하라고 했다.

십 대를 지나면서 나는 혼자 끼니를 해결하는 방법을 터득했다. 밥을 짓고 찌개나 국을 끓이고, 계란을 풀고 부치고 찌고, 나물을 데치고 무치며 나는 한 살, 한 살 나이를 먹었다. 한 살, 한 살 나이를 먹을수록 내가 할 수 있는 음식의 종류는 점점 늘어났고 요리 자격증을 손에 넣었다. 이유는 알 수 없었으나, 몰래 따놓은 요리자격증을 아버지에게 들킨 날 아버지는 알 수 없는 표정을 보였다.

"바지락칼국수는 자격증이 필요한 음식은 아니니까."

손바닥만 한 자격증은 나에게 자유를 주었다. 나는 아버지의 눈치를 보지 않고 주방을 드나들었으며 세상은 달콤하고 고소한 무엇이라고 생각하게 되었다. 한식, 중식, 일식, 양식 조리자격증을 모두 손 안에 넣자 나만의 자유가 흔들리기 시작했다. 아버지가 나를 다시 가게로 불러들였다. 다시 찾은 가게에서 아버지는 여전히 바지락과 씨름하고 있었고 붉은 고무장갑을 낀 채였다.

"요리과학고에 가라. 제대로 해. 대한민국 땅에서 네 요리가 최고라는 걸 보여 봐."

요리과학고 입학 원서를 내 앞에 툭 던지는 아버지의 모습이 낯설었다. 가게 안에 우두커니 서서 입학 원서를 집어들었다. 사람들이 여기저기서 칼국수를 달라고 외쳤다.

"아저씨, 여기 바지락 셋이요!"

"김치 좀 더 주세요!"

홀은 정신없이 돌아가고 있었다. 아버지는 주방에서 뜨거운 국물을 퍼 담으며 나를 향해 소리쳤다.

"어서, 가!"

모든 수업이 끝난 뒤의 조리실은 사람 마음을 이상하리만치 차분하게 만든다. 음식 냄새가 스며 있는 조용한 조리실은 고래 뱃속처럼 느껴졌다. 단 한 번도 고래 뱃속에 들어가 본 적이 없으면서 말이다. 실습 시간에 제멋대로 새로운 소스를 만드는 바람에 벌점을 받은 모란이 벌 청소를 했다.

"사탄의 혀, 안 도와줘도 돼. 나도 양심이란 게 있어서 말이지."

모란이 나를 보며 씩 웃었다. 나는 모란을 무시하고 묵묵히 조리 도구들을 정리하기 시작했다.

아이들은 나를 두고 '사탄의 혀'라 불렀다. 정확히 말하면 내 혓바닥을 두고 '사탄의 혓바닥'이라고 했다. 의도하지 않았지만 혀끝에 닿는 것만으로도 음식에 어떤 조미료가 들어갔는지 감지할 수 있었다. 신의 혀도 아니고 사탄의 혀라니!

사탄의 혀라는 소리를 처음 듣고 불쾌한 표정을 짓자, 모란이 내 어깨를 툭 쳤다.

"그런 표정 짓지 마. 애들이 부러워서 그런 거야. 지옥에 영혼을 팔아도 좋으니까 너 같은 혀를 가졌으면 난 소원이 없겠다."

모란이는 늘 유쾌했다. 우리 학교에는 두 부류가 존재한다. 요리에 뛰어난 재능을 보이거나, 요리에 흥미가 있거나. 모란이의 경우는 후자였다. 모든 것을 점수화시켜 평가해도 모란이는 늘 흥얼흥얼이었다. 우리의 요리는 맛있는 요리, 느낌이 좋은 요리, 감동적인 요리 따위를 필요로 하지 않았다. 평가에서 1위를 하느냐, 마느냐의 문제였다. 평가 성적은 미래에 우리가 서게 될 주방의 위치와 직결되었다. 초일류 칠성급 혹은 오성급 호텔로 가느냐, 마느냐.

"동빈, 네가 왜 사탄의 혀가 되었는지 알아? 그 동화책 본 적 있어?"

"무슨 동화책?"

"왜에, 바이올린을 엄청 잘 연주하고 싶은 연주자가 있었는데 뜻대로 연주가 안 되니까 사탄한테 영혼을 팔아서 최고의 바이올린을 갖게 되는 이야기."

사탄에게 영혼을 팔 만한 가치가 있는 것이 세상 어디에 있을까.

"애들이 동빈이 넌 아무래도 사탄한테 영혼을 팔고 최고의 혀를 갖게 된 거라고. 흐흥, 재밌지?"

모란이 내 얼굴을 빤히 쳐다봤다. 얘는 뭔가 빤히 쳐다볼 때면 눈이 몰렸다. 그 모습이 우스꽝스럽기보다는 귀엽게 느껴졌다.

"사탄의 혀라면 혓바닥에 뿔이라도 달려야 하는 거 아닌가?"

시큰둥한 내 대답이 마음에 들지 않았는지 모란이 입을 삐쭉거렸다.

"가진 자는 모르는 법. 뭐든 맛만 보면 척척 만들어 내는 신동빈, 네가 보통 혓바닥을 가진 우리 마음을 어찌 알겠느뇨.”

모란이 나를 보며 도마뱀처럼 혀를 날름거렸다. 얘를 보고 있으면 어릴 때, 이웃에 살았던 작은 여자애가 떠올랐다. 작은 새처럼 종알종알 하루 종일 즐겁게 떠들었던 지종달. 그 애도 혼자였고 나도 혼자였다. 우리는 외동이었던 탓에 쉽게 친해졌다. 자연스레 손을 잡고 함께 놀았다. 좋아하는 것이 무엇이냐고 물었다. 잘 해 주고 싶다는 생각이 들었다. 그 애는 내가 예상치 못한 대답을 했다.

“난 안심이 좋아.”

처음으로 고기를 사서 구웠다. 누군가를 위해 고기를 굽기는 처음이었다. 그 애에 대한 마음이 가볍지 않은 이유였을까. 제대로 된 고기를 고르기 위해 육류 고르는 법이 나와 있는 책을 뒤졌던 기억이 어렴풋했다.

고기를 썰었던 도마를 세척하는데 조리실 문이 벌컥 열리더니, 누군가 나를 불렀다.

“야, 사탄! 교무실로 가 봐. 너희 담임이 불러.”

손에 들고 있던 도마가 미끄러지면서 요란한 소리를 냈다. 어쩐지 불길했다.

교무실에서 나를 기다리고 있는 사람은 담임뿐만이 아니었다. 학년 주임과 교감, 교장 선생님까지 나를 돌아봤다. 꾸벅 인사하자, 학년 주임이 내 어깨를 툭 치며 친근감을 표시했다. 그러나 나는 반가운 내색은 하고 싶지 않았다.

"신동빈, 수업은 어때? 흥미롭니?"

교장은 역시 교장이었다. 수업이 흥미롭다니, 어떻게 그런 뻔한 질문을 할 수 있을까. 나는 웃는 것도 찡그리는 것도 아닌 애매한 표정을 지었다. 교무실 벽면을 가득 차지하고 있는 각종 상패와 트로피에 시선이 갔다.

"다름이 아니라, 네가 우리 학교 대표로 한 번 나가야겠다."

"나가다니요? 어딜…… 요?"

나를 둘러싼 선생들의 표정이 사뭇 심각했다.

"뭐, 우리 요리과학고야 대한민국이 인정하는 요리 명문고이지만, 그래도 학교 홍보나 학교의 위상을 위해 동빈이 네가 나가는 것도 나쁘지 않다는 결론이 나왔다."

학년 주임은 아까부터 이상야릇한 얼굴이더니 더 야릇한 소리만 해 댔다.

"〈드림 셰프 코리아〉라고 들어봤지? 유명하니 잘 알 거다."

연일 방송에서 우리나라 최고의 스타 셰프를 발굴하겠다고 야단인 요리 오디션 프로그램이었다. 이미 유럽과 미주 편으로 제작된 초대형 프로그램이었다. 그게 나랑 무슨 상관이라는 걸까.

"신동빈, 네가 우리 요리과학고 대표로 〈드림 셰프 코리아〉

에 나가게 되었다. 그렇게 알고 준비해."

교장이 자리에서 일어나 힘차게 박수를 세 번 쳤다. 얼결에 교감도, 확신에 찬 표정의 학년 주임도 박수를 쳤다. 담임까지 박수를 치려는 찰나, 내 의사를 밝혔다.

"전, 안 나갈 건데요."

내 의향을 밝히기가 무섭게 교장이 담임을 부르는 소리가 교무실을 메웠다. 나는 그저 빨리 모란이 청소하고 있을 조리실로 돌아가고 싶은 마음뿐이었다. 내가 학교의 명예를 위해 오디션 프로그램에 나가야 한다면 학교는 나의 자유 의사는 어떻게 처리해 줄 것인가.

3호점으로 와.

아버지였다. 전화를 받지 않자, 아버지가 문자를 보내왔다. 바지락칼국수집 3호점은 명동에 있었다. 직장인들의 점심과 쇼핑객들을 상대로 문을 연 가게였다. 본점 이외 서울 시내 열 개의 업장 중 가장 매출 실적이 좋은 곳이었다. 한류 열풍으로 찾아온 일본, 중국, 동남아 등지의 관광객에게 입소문이 나면서 초대박을 친 업장이 바로 명동점이었다. 명동점을 발판으로 아버지의 바지락칼국수가 번듯한 사업체로 성장할 수 있었다.

아버지는 하루를 마감하기 전에 서울 시내 모든 가게를 돌았다. 아버지의 갑작스런 호출이 무엇을 의미하는지 짐작되었다. 피하고 싶으나, 결국에는 외면할 수 없다는 것을 나 또한 잘 알고 있었다.

기숙사 사감은 모든 것을 다 알고 있었다는 듯이 외출증을 끊어 놓고 나를 기다리고 있었다. 나는 영화 속 주인공이 된 기분이 들었다. 세상에 숨겨진 모든 카메라가 나를 관찰하고 있는 것 같았다. 카메라가 돌고 각본대로 진행되고 있는 것. 나는 바보처럼 그런 줄도 모르고 내 뜻대로, 내 마음 내키는 대로 해 보려고 버둥거리고 있는 것은 아닌지.

"집에서 자고 와도 좋아."

사감이 외출증을 건네면서 말했다. 나는 그저 고개를 까딱 숙여 보였을 뿐이었다. 버스를 타고 가까운 지하철역까지 나갔다. 버스 차창으로 곧 내가 내려야 할 지하철역이 보였다.

저녁 시간대라 그런지 역 근처 분식집과 포장마차가 허기를 채우려는 사람들로 붐볐다. 무언가 먹고 마시는 사람들의 모습을 보고 있자니, 나까지 허기졌다. 사람들의 뱃속으로 들어가는 음식들을 보며 나는 생각했다.

'무엇을 먹던, 먹는 순간 행복하면 되는 건데…….'

발길을 돌려 지하철역으로 들어섰다. 퇴근길의 사람들과 어깨를 부딪치며 도착한 명동은 이미 어두워져 있었다.

불빛이 환한 바지락칼국수집 간판이 멀리서도 눈에 들어왔다. 간판의 불은 환하게 밝혀져 있으나 이름이 없는 집. 그저 '시장통 원조 바지락칼국수' 그게 전부였다. 앞에 '시장통'이라는 수식도 처음에는 없었다. 주위에 바지락칼국수집이 너도나도 생기면서 손님을 빼앗기지 않으려는 아버지의 작은 친절에 불과했다.

"아이고, 우리 요리사님이 여긴 우짠 일이여?"

홀에서 서빙을 보던 아줌마가 나를 알아보고 주방을 향해 아버지를 불렀다. 아버지가 주방에서 나오기 전에 내가 주방으로 걸음을 옮겼다. 아버지는 붉은 고무장갑을 끼고 바지락을 해감하고 있었다. 요식업계의 미다스답지 않게 모든 일을 손수 하는 것이 아버지의 성격이었다. 차그락, 차그락. 바지락이 서로 몸을 비비대는 소리가 귓가에 울렸다.

"여긴 왜 들어왔어! 어서 썩 나가 있어. 이것만 손질하고 나갈 테니."

아버지는 나를 보더니 질색을 했다.

"왜 오라고 하셨는데요?"

"아, 글쎄 밖에 나가라니까 그러네. 어서 못 나가!"

벌컥 화를 내는 아버지의 모습에 욕지기가 났지만 꾹 참았다. 오라고 불러낼 때는 언제고 왜 화를 내는지 이해되지 않았다. 하긴, 아버지와 나 사이에 이해할 수 있는 것이 몇 가지나 되려고.

카운터 근처 의자에 앉아 아버지가 주방에서 나오기를 기다렸다. 창밖으로 지나가는 사람들의 모습을 구경했다. 달력은 3월을 가리키는데 아직 봄은 오지 않으려나 보다. 두터운 코트 차림의 사람들이 종종걸음으로 이리저리 몰려갔다.

날이 추울 때는 추워서 칼국수가 잘 팔렸고 더울 때는 이열 치열이라면서 잘 팔렸다. 이래도 좋고 저래도 좋은 음식이 칼국수란 사실에 괜히 웃음이 났다.

“미친놈. 뭘 잘 했다고 웃어, 웃기를.”

고무장갑을 벗어던진 아버지가 내 곁으로 다가왔다. 카운터 앞에 서서 음식값을 치르는 손님들을 웃는 얼굴로 배웅했다. 그러더니 내겐 무표정한 얼굴로 용건을 밝혔다.

“잔말 말고 거기 나가.”

“어딜요?”

카드 손님이 아버지에게 카드를 건넸다. 골드 카드였다. 황금빛 카드를 쥔 아버지의 손을 보며 생각했다. 아버지 역시 이제는 돈방석에 앉았다고 자부할 만큼 돈을 벌었는데, 아버지에게는 왜 골드 카드가 없을까 하고 말이다. 골드 카드 손님을 깍듯이 배웅한 아버지가 나에게 말을 붙였다.

“무슨 큰 대회가 있다며? 텔레비전에서 하는 셰프 오디션 대회. 학교에서 널 추천했다고 전화 왔다. 좋은 기회는 항상 오지 않아."

"좋은 기회인지, 나쁜 기회인지 어떻게 알아요?"

"이 새끼가 진짜……."

젊은 커플 손님이 만육천 원 현금 결제를 하며 현금 영수증을 달라고 했다. 아버지는 웃으며 고개를 숙여 영수증을 건넸다.

"신동빈, 텔레비전 대회에 나가면 레스토랑 〈夢〉 개업할 때 최고의 홍보가 될 거다. 네 사업이야. 네가 유명 셰프가 되는 데에 절호의 기회다. 잔소리 말고 나가. 네 목을 잡아 비틀어서라도 내보낼 테니."

대답하지 않았다. 아버지는 당장에라도 내 목을 잡아 비틀 기세로 나를 노려보았다. 문가 쪽 자리에 앉은 세 식구가 칼국수를 나눠 먹는 모습이 눈에 보였다. 다섯 살 가량의 남자아이가 다리를 흔들며 아버지가 작은 그릇에 담아 주는 칼국수를 기다리고 있었다. 작은 그릇에 국수 한 젓가락을 놓고 후후 불어 식히는 아이 아버지의 모습에 눈길이 갔다.

나는 아버지를 보지 않고 천천히 내 마음을 전했다.

"아버지 소원대로 나갈게요. 대신 약속 하나 해 줘요. 나가는 대신 앞으로 내가 어떤 요리를 하든 요리를 그만두든, 내가 하고 싶은 대로 살게 해 주기로."

"뭐…… 뭐야?"

아버지가 건네준 국물에 공기밥을 말아 먹던 그때, 나는 그때가 좋았다. 재료를 씻고 썰고 국물을 우려내는 아버지의 뒷모습을 보며 나도 누군가의 끼니를 만들어 보고 싶었다. 그러나 아버지의 가게에서 쫓겨 나와 혼자 밥을 챙겨 먹고, 요리과학고에 진학하면서 나의 밥상은 길을 잃었다.

　"우승할게요. 우승할 테니까 아버지도 내 인생, 그만 놓아주세요."

드림 셰프 코리아! 당신의 인생을 요리하라!

　참으로 기막힌 헤드 카피였다.

3. 어쩐지 오늘

"우승 상금이 자그마치 3억이래요. 할아버지, 감이 딱 오지 않아요?"

"거기 감말랭이나 잘 선별해. 백설기 안에 들어갈 거다."

오전에 단체 주문이 들어왔다. 감말랭이나 조물락거리고 있을 손이 아닌데, 할아버지는 아무래도 상황 파악이 늦는 것 같다.

"내가 상금 3억 받으면 〈설화〉 인테리어 공사비 댈게요. 할아버지 효도 관광도 시켜드리고요. 떡집 한다고 이제껏 여행 한 번 못 가셨잖아요."

배포 크게 쏘는 나 때문에 놀랐는지, 할아버지가 갑자기 잔기침을 해 댔다. 한 번 시작된 기침은 쉽사리 멈추지 않았다. 며칠 전에는 코피까지 흘렸다.

"일단 병원 가서 정기검진 먼저 시켜드려야겠다."

나이는 못 속이는 법이라고 하지만 뉴스를 보면 세상에 온통 속고 속이는 것들뿐인데 뭐가 어려울까. 요즘 들어 할아버지 컨디션이 영 별로다. 길 건너편에 새로 생긴 떡 카페가 개업한 후로 더하다.

"정기검진은 무슨. 밥 세 끼 잘 챙겨 먹는데. 흰소리 말고 감말랭이나 잘 선별해."

명색이 떡 명장이 운영하는 떡집인데 인테리어가 영 아니올시다. 길 건너편에 새로 생긴 떡 카페는 젊은 사람들이 하는 곳이라 그런지, 인테리어도 젊은 감각이 물씬 풍겼다. 할아버지는 떡집 외관이 좋아서 뭣에 쓰냐고 하지만 시대가 변했다. 떡 맛만 좋다고 장사가 잘되는 건 아니란 소리다. 할아버지 세대 사람들은 떡 맛에만 취하면 그뿐이겠지만 요즘 젊은 사람들은 분위기에 취해 돈지갑을 열기 마련이다.

돈지갑 하니까 하는 소린데 간밤에 나는 돈벼락을 맞은 것이나 진배없는 예지몽을 온몸으로 받아들였다. 〈드림 셰프 코리아〉 서류 심사는 무조건 통과다. 느낌이 그렇다. 그렇지 않고서 내가 그토록 어마어마한 똥 꿈을 꿀 리가 없었다. 꿈의 내용은 간단했다.

나에게 소포 하나가 배달되었다. 보내는 이가 누군지 알 길은 없으나 분명 받는 사람은 '독고용' 나였다. 소포 상자를 열자, 긴 장화가 한 켤레 들어 있었다. '밑도 끝도 없이 웬 장화야?'라고 했지만 공짜 받고 안 좋아할 사람이 세상에 어디 있나. 나는 황금색으로 빛나는 긴 장화를 집어 들었다. 좋아하며 두 발을 장화 안에 넣었다. 장화 안에 발을 집어넣자마자 꿀럭, 하는 소리와 함께 묵직하고 찐득한 액체도 고체도 아닌 질퍽한 무언가가 내 발바닥, 발목, 종아리를 부여잡았다. 걸을 수 없을 정도로 찰흙 같은 묵직한 것이 발을 온통 감쌌다.

'대체 이게 뭐지?'

장화에서 발을 빼는 순간, 나는 기겁하고 말았다. 장화 안에는 누런 똥이 가득 차 있었다. 장화 속 똥은 넘치고 흘러서 내 무릎을 적시고 허벅지, 허리까지 차올랐다. 급기야 똥은 울대뼈 바로 아래까지 올라왔다.

'히야, 이 상태로 가다간 똥 먹고 죽겠구나.'

장화는 똥이 가득한 정화조도 아닌데 누런 황금 똥을 계속 뿜어냈다. 나는 똥 속에서 허우적대다가 잠에서 깼다.

'대박이다, 〈드림 셰프 코리아〉 우승자가 되는 예지몽이야!'

감말랭이가 손에 잡힐 리 없었다. 콧노래가 절로 나왔다. 콧구멍이 씰룩대고 어깨가 들썩거려 콧노래를 부르지 않기란 불가능했다. 할아버지가 내 손에서 감말랭이를 빼앗았다.

"왜 그러세요?"

할아버지는 내게 눈길도 주지 않고 묵묵히 감말랭이 선별 작업에 열중했다. 내가 다시 감말랭이에 손을 뻗자, 내 손등을 찰싹 때렸다.

"그만둬. 사람 입에 들어가는 음식에 정성을 쏟기도 전에 돈 생각하는 녀석이 나가긴 어딜 나가."

살자고 먹는 것이고 먹자고 돈을 버는 것 아닌가? 닭이 달걀을 낳으나 달걀이 부화돼서 닭이 되나, 결론은 하나다. 닭이건 달걀이건 모두 인간의 입속으로 들어간다는 것.

교실에 들어서자 댕이가 쪼르르 달려왔다. 작아서 기껏해야 내 가슴팍에서 알짱거리는 애가 까치발까지 들고서 알짱거렸다. 그 모습을 본 이율이 대놓고 야유했다. 녀석은 학교에서 유일하게 나에게 온갖 잡소리를 서슴지 않고 한다.

"야, 용용. 댕이 네 마누라하기로 했냐?"

나는 무시하는 것으로 율의 관심에서 벗어나고자 했다. 하지만 댕이가 계속 지지배배 종알종알대는 바람에 아무 소용이 없었다.

"용용, 레시피 좀 생각해 봤어? 기선 제압이 중요해. 첫 방송에서 사람들 시선을 확 끌 기막힌 레시피가 있어야 한다고! 너,

내 말 듣고 있어?"

물론 듣고 있었다. 그러나 안 들리는 척, 내 자리로 가서 앉아 침묵만 지켰다. 나는 나의 밥상이 세상에 알려지기를 원하지 않았다. 프로그램 본선에 올라갈지 어떨지 알 수 없는 상황에서 굳이 내 사정을 온 동네에 떠들어 대고 싶지 않은 까닭이었다.

"야, 댕. 레시피라니? 니들 살림 차렸냐? 왜 밥상 메뉴를 짜고 난리야?"

언제 다가왔는지 율이 어깨 너머로 히죽대는 꼴이 영 마음에 안 들었다.

"돌았냐? 집도 없는데 살림은 어디다 차려?"

내가 대꾸를 하지 말았어야 하는 건데⋯⋯. 먹이를 낚아챈 하이에나처럼 율의 눈빛이 반짝거렸다.

"오오! 집 있으면 댕이랑 살림 차릴 거구나? 용용, 너 벌써부터 댕이한테 잡혀서 밥 차리는 남편 되는 거야? 남자 망신 다 시키고, 쯧쯧. 고추를 떼, 이 자식아!"

이율은 전반적으로 나쁘지 않은데 목소리가 큰 것이 큰 결점이었다. 아침 자습 시작 전의 어수선한 교실에 정적이 맴돌았다. 다들 대놓고 호기심을 드러내지는 못하고 내 눈치만 봤다. 댕이가 히죽 웃더니, 반 아이들을 향해 외쳤다.

"독고용, 〈드림 셰프 코리아〉에 나갔어! 우승도 할 거야, 두고 보라고."

반 아이들의 시선은 내 몸의 문신을 처음 봤을 때처럼 당황한 눈치였다. 나는 두고 보라는 말이 세상에서 제일 무섭다.

댕이와 내가 단짝이 될 수 있었던 것은 '굶주림' 때문이었다. 나는 늘 정에 굶주렸고 댕은 늘 배가 고팠다. 나야 부모의 존재를 모르고 자랐으니 굶주림을 받아들이는 것에 익숙할 법도 한데 이상하게 어른의 포옹이, 다정한 말이, 나를 향한 시선이 그리웠다.

댕이 아버지는 할아버지 떡집의 단골이었는데 집에 혼자 있는 댕이를 위해 늘 떡을 사 갔다. 떡은 댕이의 단골 간식이었던 셈이다.

부인도 없이 딸아이를 키우기란 쉽지 않을 텐데도 댕이 아버지는 재혼 생각이 없는 사람이었다. 언젠가 댕이에게 너희 아버지는 왜 재혼하지 않느냐고 물은 적이 있었다. 나는 아버지를 새 여자에게 뺏기고 싶지 않은 댕이의 심통 때문이라고 지레짐작했다. 그러나 댕이의 입에서 흘러나온 진실은 가슴 서늘하게 만드는 내용이었다.

"사실 우리 엄마 요리 솜씨가 형편없었어. 용용, 나…… 또다시 그런 맛…… 보고 싶지 않아."

그 말을 듣는 순간, 나는 댕이에게 뭔가 위로가 되는 말을 건네고 싶었다. 하지만 내용으로는 농담 같고, 댕의 표정만 보면 진담 같은 말에 혼란스러웠다.

"넌 적어도 팥쥐 엄마나 뺑덕어멈 같은 계모가 생길 일은 없어서 다행이다."

내 위로의 수준은 딱 거기까지였다. 여자애의 눈은 신비로웠다. 동그란 댕이의 눈매가 그토록 매섭게 찢어질 수 있다는 사실을 처음 발견한 날이었다. 한껏 나를 노려본 댕이 마음속 이야기를 꺼냈다.

"아무리 악독하고 지독한 계모라도 나에게 아침밥은 물론 끼니때마다 된장찌개를 끓여 주는 새엄마만 생긴다면…… 나는 지옥에 가도 좋아."

된장찌개와 지옥을 교환하는 십 대 여자애의 심리를 이해하기에 내 머리는 역부족이었다. 댕이는 꽃다운 여학생의 삶을 살고 싶다고 했다. 아버지의 팬티와 뒤집어 벗어 놓은 양말을 빠는 일, 아침마다 늦잠을 자서 아버지와 툭하면 빵이나 시리얼로 때우는 밥상은 개나 줘 버렸으면 좋겠다더니 대성통곡하고 말았다.

'그 기간인가? 호르몬 탓이겠지?'

당혹스럽기 짝이 없는 순간이었다. 그 뒤로 나는 뭔가 만들기 시작했다. 요리라는 이름을 붙이기에 어설프기 짝이 없는 음식들이었지만, 댕이와 나의 허기가 점점 사그라들었다. 뭔가 만들어 먹을 때면 댕이를 불렀고 댕이는 얻어먹는 주제에 찌개의 간이나 계란찜의 탄력에 대해 잔소리를 늘어놓았다. 그래도 나쁘지 않았다. 적어도 혼자 먹는 밥상은 아니었으니까. 할아버지, 나, 댕이가 얼굴을 마주하고 숟가락을 맞부딪치며 음식을 씹는 시간이 좋았다.

"걸어가. 뽀트 타고 갈 생각 말고."
"알겠어요. 자꾸 잔소리하면 배달 안 가요."
할아버지는 나의 애마를 두고 뽀트라고 했다. 나이 들면 발음에 문제가 생기는 것일까 의구심이 들었지만 그건 아닌 것 같다. 스케이트보드가 좋았다. 사람들 사이를 위태롭게 스쳐 가는 기분이 마음에 들었다. 바람을 느끼며 남들보다 조금 앞서서 달리는 것이 신났다. 이율은 "스포츠카를 타지 그러냐?"라고 했지만 너무 빠른 건 싫다. 너무 빨라 주위를 찬찬히 볼 수 없는 건 매력이 없다. 그렇다고 자전거는 별로다. 바람을 느끼고 남들보다 앞서가는 건 비슷하지만 두 발을 페달에 의탁해야 한다는 점이 마음에 들지 않았다. 보드는 다르다. 두 발을 전부 보드 위에 올려놓기도 하지만 있는 힘껏 땅을 차올리며 밀 때 나는 이 땅에 온전히 내 한 발을 딛고 있구나, 하는 생각에 안심이 되었다.

"동춘이 케이크 망치면 안 되니까 조심히 배달해."

"알겠어요. 배달료나 꼭 잊지 말고 챙겨 줘요."

〈설화〉로 많이 들어오는 주문 중의 하나가 떡케이크였다. 떡 명장이라고 하면 전통 떡에만 관심 있는 걸로 사람들은 오해한다. 할아버지는 의외로 꽉 막힌 사람이 아니었다. 떡케이크, 떡샌드위치 등 떡으로 할 수 있는 것은 뭐든 고민하고 실행에 옮겼다. 오늘은 동춘 씨가 할아버지에게 특별 케이크를 주문한 모양이다.

오동춘, 나이 41세. 내가 보기에는 마흔한 살도 뻥인 것 같다. 실물을 보고 있자면 우리 할아버지 연배로 보였다. 우리 학교 여자애들 교복 주름치마처럼 얼굴에 주름이 자잘하다. 얼핏 보면 늙은 염소같이 생기기도 했다. 〈킹&퀸 관광카바레〉매니저인데 바쁠 때는 주방 일까지 도맡아 하는 인물이었다.

할아버지의 말을 늘 귓등으로 듣는 편은 아닌데 스케이트보드는 포기할 수가 없었다. 보자기에 싸인 떡케이크를 들고 배달에 나섰다. 토요일 낮의 거리는 활기찼다. 봄이 오고 있는지 거리를 거니는 사람들의 옷차림이 밝고 가벼웠다.

'구두쇠 오동춘 씨가 떡케이크를 주문하고…… 웬일이지? 여자라도 생겼나?'

오동춘 씨는 처음 만난 자리에서 나에게 이름을 부르라고 했다. 자신은 아저씨라고 불릴 만큼 늙지 않았으며, 삼촌이라 불리기에 나 같은 남자 조카는 갖고 싶은 마음이 눈곱만치도 없다고 했다. 내 나이를 묻더니 "알 만큼 알 나이네. 사나이 대 사나이로 이름을 부르자."가 전부였다. 장난 삼아 무심한 얼굴로 "동춘아!" 했다가 떡메를 치고 있던 할아버지한테 방망이로 두들겨 맞을 뻔했다.

〈킹&퀸 관광카바레〉는 일대에서 제법 잘나가는 어른들의 놀이터였다. 약간 애매모호하게 청춘도 아니고 그렇다고 완전히 늙지도 않은, 그야말로 애매모호하게 나이 있는 어른들이 젊은애들처럼 하하, 호호 웃으며 서로서로 손을 잡고 허리를 붙들고 몸을 흔들어 대는 곳이었다. 영업 전이라 〈킹&퀸 관광카바레〉의 간판에 불이 켜지지 않았다. 입구로 들어서는데 덩치 좋은 사내가 막아섰다.

"너, 뭐냐?"

"배달 왔는데요."

"배달? 무슨 배달?"

"떡 배달이요. 오동춘 씨 만나러 왔어요."

오동춘 씨란 말에 덩치가 "아, 늙은 염소." 한다. 나는 피식 웃고 말았다. 사람 보는 눈은 다 똑같은가 보다.

"주방에 있을 거야. 전화해 보든지."

덩치가 순순히 길을 열어 줬다. 나는 발로 보드를 탁 차올려 옆구리에 끼고 카바레 안으로 들어섰다. 영업 전의 카바레는 고요했다. 토요일 낮, 거리의 활기가 스며들지 않은 곳. 눅눅하고 비밀스럽고 매캐한 냄새가 테이블 사이사이에 배어 있었다. 홀을 청소하고 있던 종업원에게 주방을 물었다. 말하는 게 귀찮은지 고갯짓으로 가리켰다. 종업원의 신경질적인 대걸레질을 피해 미로처럼 얽힌 카바레 무대 뒤로 갔다.

툭.

"으악!"

"오동춘 씨, 콩알 보다 작은 심장을 가져서야 어디다가 써요?"

"이노무 쉐끼가 어른한테 겁도 없이!"

사나이 대 사나이 할 때는 언제고 이럴 때만 어른이다. 늙은 염소는 나를 쫄따구 취급했다. 연장자라는 티를 꼭 내고 싶은지, 계속 쉐끼, 쉐끼 한다. 발음 새는 것을 보니 틀니가 아닌지 의심스럽다.

"배달요. 다음부턴 여기로 배달시키지 마요."

"왜? 간만에 비싼 떡케이크 시켜서 생색 좀 내려는데."

낡은 갱지를 마구 구긴 것처럼 그의 얼굴에 자잘한 주름이 일었다. 수분이 날아가 버린 얇팍한 얼굴만큼이나 얇고 가벼워 보이는 몸매 때문인지 그는 인기척 없이 걸어 다녔다. 오동춘 씨의 가슴팍에 시선이 갔다. 피식, 바람 빠지듯 샜던 웃음이 자꾸만 큰 소리로 터져 나오려고 했다. 명찰 때문이었다.

매니저 박보검.

진짜 웃기고 환장할 노릇이다. 배우 박보검이 이 사실을 안다면 소송을 걸지도 모르겠다. 오동춘 씨 명찰의 역사는 참으로 희한했다. 이제껏 오동춘 씨를 스쳐 간 연예인 수는 헤아릴 수 없이 많았다. 장동건, 원빈, 현빈, 소지섭, 송승헌, 이민호, 박보검까지. 장동건과 원빈 사이에 김수로가 한 삼 개월 머물러 가기도 했지만 오동춘 씨 가슴팍을 차지한 주인공들의 공통점은 모두 '잘생긴 배우'라는 점이다.

"돈 줘요, 떡값."

"아, 외상이야. 다음 달에 드린다고 어르신께 전해드려라."

아무래도 돌아가면 할아버지께 올바른 상거래에 대해 한마디 해야겠다.

"장난해요? 우리 할아버지는 흙 파서 떡집해요?"

"이 쉐끼, 오늘따라 깐깐하네. 남편 등쳐 먹은 내 첫 번째 비치(bitch)처럼."

"첫 번째 비치요?"

"그래, 내 첫 번째 마누라."

조강지처를 두고 비치라고 명명하는 동춘 씨는 참으로 제멋대로인 인간이다. 늙은 염소에게도 부인이 있었다니! 세상에는 불가사의한 일이 많았다. 아무리 그래도 그렇지, 한때 조강지처였고 아침저녁으로 끼니를 챙겨 주고 이불을 펴고 개 준 사람에게 '비치'라니! 뭔가 제대로 꼬였을 거다.

하지만 동춘 씨가 내뱉는 첫 번째 비치의 설명을 듣는 순간 내 판단이 성급했음을 깨달았다. 잠시나마 그를 오해했던 것을 정중히 사과해야 하나, 말아야 하나 고민까지 했다. 동춘 씨의 비치는 한마디로 돈에 환장한 여자였다.

비치는 동춘 씨에게 비치라고 불려도 싼 여자였다. 그녀는 동춘 씨가 젊은 시절, 땡볕의 공사판에서 먼지를 뒤집어쓰고 들이마시면서 모은 돈과 이른 새벽, 뭔 소린지도 모를 말들만 잔뜩 씌어진 신문과 야심한 시각의 야식 배달-눈길, 빗길 가리지 않고 뛰는 바람에 폭설이 내렸던 날, 족발세트랑 함께 사거리에서 한 번, 시야를 확보하기 힘든 장맛비에 비보호 좌회전을 시도하다가 양념 반, 후라이드 반 치킨과 함께 길바닥에 두 번 굴렀다고 동춘 씨는 말했다-로 번 돈까지 자신의 팬티에 쑤셔 넣고 토꼈다고 했다. 하다못해 파고다공원 노인들 틈에서 심심풀이로 뛰어든 야바위에서 딴 돈까지 몽땅 들고 튀었다는 대목에서 나도 모르게 쌍욕을 내뱉었다. 그 여자 분도 나름대로 사정이 있지 않았을까요, 하던 생각이 머릿속에서 싹 사라졌다.

"히야, 완전 망할인데!"

"야! 아무리 그래도 그렇지. 망할이 뭐냐? 그 여자 지금 마흔넷이야."

"동춘 씨! 연상이었어요?"

"연상이 어때서? 너, 촌스럽게 여자 나이 따지는 놈이었냐? 네가 몰라서 그렇지, 그땐 완전 동안이었다고."

동춘 씨가 잔뜩 구겨진 얼굴로 소리 내며 입맛을 다셨다. 동춘 씨는 떡케이크를 조심스럽게 주방 찬장에 넣더니 칼질을 시작했다. 오늘 밤 카바레에 단체 토끼 손님이라도 오는지, 양배추 채를 신나게 썰었다. 나는 생전 보지 못한 현란한 칼질을 넋 놓고 쳐다보았다. 동춘 씨의 새로운 면을 보는 순간이었다.

"내가 칠성급 호텔의 셰프처럼 기막힌 요리사가 될 수도 있었는데…… 하아, 그년 때문에 혀를 못 써."

혀를 못 쓰다니? 내 머릿속에 혀의 용도가 빠르게 지나갔다.

1 음식을 맛본다. 2 키스를 한다.

의외로 혀의 기능은 단순 명확했다. 비치가 동춘 씨의 혀를 빼물었나? 상상하고 있는데 동춘 씨가 분개한 얼굴로 쇳소리를 내며 흥분했다.

"음식 간을 더럽게도 못해서 같이 사는 동안 소금으로 내 혓바닥을 인사불성으로 만들더니, 전 재산을 들고 전파상 보조새끼랑 튀는 바람에 화병 달래려고 마신 소주가 문제가 된 거지. 미각에 문제가 생겼지 뭐냐. 이…… 인두로 지져도 시원찮을 것들."

동춘 씨의 어두운 개인사를 듣고 내가 할 수 있는 소리는 '아아'가 전부였다. 양배추 채 썰기를 마친 동춘 씨는 안주 접시에 나갈 장식을 손보기 시작했다.

"그게 다 뭐예요?"

"카핑 모르냐? 무식한 쉐끼. 잘 봐라."

왼손에 당근을, 오른손에 작은 칼을 든 동춘 씨는 눈 깜짝할 사이에 장미꽃을 만들었다. 오동춘 씨의 때 묻은 손에서 기적이 일어났다. 조각도 같은 짧은 칼날이 이리저리 부지런히 움직이더니 당근으로 장미꽃을, 수박으로 연꽃을, 오이로 백합을 피워 냈다. 오동춘 씨는 꽃에 환장한 사람처럼 각종 채소로 꽃을 피워 안주 그릇을 작은 정원으로 만들었다. 꽃이 그릇에 지천으로 널렸다.

'저거다!'

드림 셰프가 되려면 나만의 뭔가가 필요했다. 먹기 좋은 떡도 장식이 있어야 한다. 떡케이크를 황금 보자기에 싸서 보낸 할아버지만 봐도 알 수 있었다.

"오동춘 씨, 나도 꽃밭이 필요해요. 가르쳐 줘요!"

멍한 표정으로 오동춘 씨가 칼질을 멈췄다. 나는 자신 있다는 몸짓으로 가슴을 두드렸다. 그리고 힘 있는 한마디를 던졌다.

"꽃이 되고 싶습니다!"

접시에 흐트러진 꽃들에 시선을 주었다. 누군가의 안주상에 오를 꽃들이 그렇게 예쁘고 간절해 보이기는 처음이었다. 오동춘 씨가 칼을 내려놓더니 팔짱을 꼈다.

"나쁜 년. 그렇게 꽃 한 송이 사 달라고 노래를 불렀는데……"

주문 같은 혼잣말을 툭 뱉고는 내 얼굴과 카핑한 꽃을 보더니 씩 웃었다. 나는 승낙의 의미로 받아들였다. 오동춘 씨가 쥐었던 작은 칼에 손을 뻗치려는데 그가 내 손등을 매섭게 쳤다. 대신 내 손에 감자 깎는 칼을 쥐어 주었다. 무슨 의미냐는 눈빛을 동춘 씨에게 보냈다. 동춘 씨는 대답하는 친절 대신 고갯짓을 했다. 까딱. 동춘 씨 어깨 너머로 커다란 대야가 보였다.

"그런데 동춘 씨, 이 떡케이크 누구 줄 거예요?"

"그 비치 생일이 오늘이야. 주지는 못해도 그냥……"

물이 가득 찬 대야에는 세상에 존재하는 모든 감자들이 집합해 있었다. 모든 배움에는 반드시 대가가 존재했다.

4. 람지와 올리버

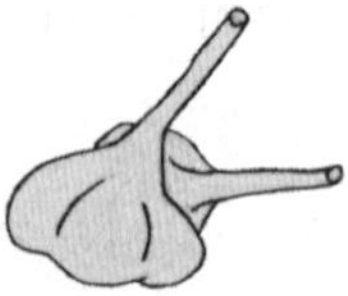

갈등의 연속이다. 한 놈은 입이 걸레인데 손이 예술이고 한 놈은 손이 걸레인데 입이 예술이다. 고든 람지와 제이미 올리버를 보는 내 견해다.

"신동빈, 오디션에 안 나갈 것처럼 굴었다면서 직접 찾아와서 비법을 알려 달라니? 너, 진짜 신동빈 맞아?"

"꼭 우승해야 할 이유가 생겼어요, 셰프."

나는 한시가 급했다. 듣지도 보지도 못한 요리를 눈 깜짝할 사이에 습득해서 최고의 요리 스타가 되어야만 했다. 그래서 아버지가 내 인생에서 무언가를 요구하는 일이 없도록 해야만 했다. 나는 아버지의 꼭두각시가 아니라는 것을 증명하고, 더불어 아버지에게 내가 혼자서 얼마나 잘 컸는지 똑똑히 보여주고 싶었다.

혼자 힘으로 〈드림 셰프 코리아〉에서 우승한다는 것은 쉽지 않을 것이다. 국내에서 첫선을 보이는 대국민 요리 오디션에 초짜들만 나오리라는 보장은 결코 없었다. 고민 끝에 셰프D의 도움을 받기로 결심했다.

그의 레스토랑 〈1인을 위한 만찬〉은 아직 오픈하지 않아 한가로웠다. 조용한 주택가에 자리 잡은 셰프D의 레스토랑은 예약제로만 운영되는 곳이었다. 〈1인을 위한 만찬〉이라는 이름답게 오직 한 테이블만 있다. 그래서일까. 특별한 날을 기념하는 사람들이 찾아오는 경우가 대부분이었다. 요리사는 셰프D, 서빙은 그의 약혼녀인 마리안이 담당했다.

셰프D는 우리 학교에서 모시려는 최고의 프랑스 요리사였다. 한국계 프랑스인, 미슐랭 가이드 3스타를 받은 최연소 요리사. 한때 셰프D는 그의 화려한 요리 경력보다도 한국 입양아 출신의 프랑스 요리사라는 점과 그의 약혼녀 마리안이 프랑스 톱모델이라는 것으로 화제가 되었던 인물이었다. 무슨 이유에서인지 그가 유럽에서의 유명세를 떨치고 한국으로 들어와 작은 레스토랑을 차리자, 각종 언론 매체와 방송에서 그의 신변 변화를 두고 떠들어 댔다. 학교에서는 한국에 들어온 셰프D를 잡기 위해 혈안이었으나, 우리 학교는 그를 2주에 한 번 모시는 특강 강사로 만족해야만 했다.

그는 이상한 요리사였다. 1학년, 처음에 들은 그의 수업은 나를 당황하게 만들었다. 이미 한식, 일식, 중식, 양식, 제과제빵 조리사 자격증을 다 갖고 있는 내게 그가 질문했다. 관자를 주재료로 사용하여 각자 자신만의 소스로 테스트를 받기 위해 긴장하고 있었다.

"행복하니?"

검사 받으려고 조리대에 올려놓은 내 요리를 시식하기도 전이었다. 내가 만든 요리 접시에는 눈길도 주지 않고 셰프D는 속삭이듯 물었다. 시식을 하고도 그는 나에게 조리법이나 요리에 관련된 어떤 사항도 묻지 않았다. 다른 아이들에게 건넨 말이나 행동과 전혀 다른 모습에 나는 적잖이 당황했다. 그 이후로도 매 수업 시간마다 그가 나에게 묻는 말은 똑같았다.

"행복하니?"

에릭 사티의 '짐노페티'가 흘렀다. 셰프D와 마리안은 늘 '짐노페티'를 들었다. 나른한 피아노 선율이 〈1인을 위한 만찬〉에 가득 흘러넘친다. 셰프D는 오픈 키친에 서서 오늘의 메뉴를 살펴보고 마리안은 벽 쪽에 놓인 오래된 엔틱 의자에 앉아 와인을 마시고 있다. 짙은 가지색에 가까운 벨벳 천이 장식된 엔틱 의자는 마리안과 한 몸처럼 잘 어울렸다. 빨간 플랫 슈즈를 신은 마리안의 발이 음악 소리에 맞춰 까딱까딱 움직였다.

우승하고 싶다는 내 말에 셰프D의 표정이 오묘하게 변했다.

"리얼리티에서 살아남는 법은, 말 그대로 너의 리얼리티를 보여 주는 것뿐이야. 보지도 듣지도 못한 요리로 무리하지 말라고. 그런 똥폼은 잡을 필요가 없어."

"왜요?"

"먹는 사람이 체할 테니까. 부담이 느껴질 거야."

셰프D의 말을 듣고 나니 머릿속이 더 복잡해졌다.

"그게…… 저한테 줄 수 있는 조언의 전부예요?"

"생산적이고 실질적인 조언을 원해?"

"네. 제 인생이 걸린 문제니까요."

셰프D는 요리 프로그램을 따로 볼 필요가 있다고 했다. 마리안이 빈 와인 잔을 조리대에 살포시 올려놓는다. 붉은 립스틱 자국이 선명하게 찍힌 투명한 와인 잔에 시선이 갔다. 오디션 프로그램에서 나는 심사위원들의 두뇌에 선명하게 찍혀야만 한다. 언젠가 셰프D는 수업 시간에 우리들에게 그런 말을 했다.

'너의 느낌대로, 너의 리듬대로, 손을 움직이고 만들면 그만이다. 그것으로 충분해. 요리는 그런 거야.'

내 생각은 달랐다. 텔레비전으로 중계되는 무대에서, 집에서라면 끓이듯 태연하면서 일사분란하게 움직이려면 훈련이 필요하지 않을까.

"많은 요리 프로그램을 살펴봐. 그들의 레시피가 아니라, 그들이 재료를 어떤 손길로 다루고 음식의 간을 볼 때 어떤 표정을 짓는지 잘 보도록 해."

〈1인을 위한 만찬〉을 나왔다. 조용한 주택가 골목에 봄비가 내렸다. 우산을 갖고 오지 않아서 비를 맞아야겠다고 생각했다.

나는 비 맞는 것에 익숙했다. 어린 시절, 가게에 늘 묶여 있던 엄마는 내게 우산을 가져다줄 수 없었다. 아이들이 교문 앞으로, 혹은 교실 앞으로 여벌의 우산을 들고 온 엄마에게 뛰어가 안겼다. 그런 것은 아무래도 상관없었다. 한 번도 경험해 보지 못한 것이었으니 간절하거나 아쉽지 않았다.

"얘, 아줌마가 우산 하나 빌려줄게 쓰고 가련?"

우리 반 애가 아니었다. 복도에서 가끔씩 마주치던 다른 반 여자애의 엄마였다. 상냥하고 부드러운 목소리를 가진 사람이었다. 하지만 나는 저토록 부드러운 사람을 믿지 않는다. 아버지의 시장통 가게에 친절하고 상냥한 손님이 어떤 일을 벌였는지 알기 때문이다. 상에 수저를 놓을 때마다, 물 잔을 놔 주고 반찬을 갖다 줄 때마다 "아이구, 감사합니다." 하고 정중히 말하던 남자였다. 비가 오던 날이었고 뜨끈한 국물을 찾는 사람들이 아버지의 칼국수를 찾던 날이었다. 남자는 계산하고 나가는 순간까지 정중함과 상냥한 인사를 잊지 않았다. 당시 삼천 원짜리 칼국수 한 그릇에는 과한 태도였다. 십여 분 뒤 남자가 가게로 다시 돌아왔을 때 그는 낯선 사람으로 변해 있었다. 가게 입구에 있던 우산통을 뒤지더니, 아버지를 도둑으로 몰았다. 고가의 명품 우산을 아버지가 가로챘다는 것이었다. 경찰이 왔고 아버지는 결국 보지도 못한 남자의 우산값을 물어 줘야만 했다. 칼국수를 백오십 그릇 팔아야만 나오는 돈이었다.

"동빈."

마리안이 우산을 들고 나왔다. 생긋 웃으며 내 손에 우산을 쥐어 주는 마리안. 작은 레스토랑에 은은한 불빛이 번진다. 어둠이 깔리는 골목길에 셰프D의 작은 레스토랑에서 흘러나오는 불빛이 너무나 따뜻하게 보여 다시 레스토랑 안으로 들어가고 싶은 기분이었다.

한 명은 입이 지옥이었고 한 명은 손에 믿음이 가지 않았다. 인터넷으로 요리 프로그램 자료를 전부 검색, 다운받아 살펴보았다.

처음에 혀 짧은 금발의 제이미 올리버가 요리하는 모습을 보고 깜짝 놀랐다. 자로 잰 듯 칼질하던 여타의 요리사들과 달리 그는 손으로 각종 채소들을 뭉떵뭉떵 자르고-자른다는 표현보다는 쥐어뜯는다고 하는 게 맞을 거다-음식의 간을 보는 수저질도 건성으로 휘휘 젓더니 짧은 혀로 경박스럽게 후룩, 소리를 내어 쓱 한번 맛보고는 "완벽해!" 이러고는 끝이다. 요리 천재다운 모습이라고 해야 할지, 뭣도 모르는 녀석이 쇼한다고 해야 할지, 갈피를 못 잡겠다.

음식은 손맛이요, 정성이다!라고 생각했던 내 두뇌의 기억과는 확실히 다른 조리법을 보이는 자가 제이미 올리버였다. 내 눈에 그는 정성이 부족해도 한참이나 부족하고 열정도 부족해 보이는 요리사였다.

반면에 고든 람지는 무섭다. 내가 고든 람지라면 요리사가 되는 대신, 암흑가의 보스가 되던지, 이종격투기 선수가 되어 UFC 챔피언이 되었을 것이다. 입만 열면 이자는 육두문자다. 어디서든 기선 제압이 확실한 캐릭터였다. 주방에서 요리하는 소리보다 그의 욕설이 더 다채롭게 요리되곤 했다. 대체 그 많은 욕들을 어디서 배웠을까? 저 정도로 욕하려면 영국으로 유학을 가야 하나?

고든 람지의 욕설은 Fuck off! 프라이팬에서 튀겨지고 Damn it, 불에서 구워지고 Go to hell, 오븐에서 데워지고 Bullshit, 소스에 묻히고 Arsehole, 예술이라 불릴 만한 접시에 장식되면서 Dick head, 더욱 화려해진다. 그리고 사람들은 그것을 '요리'라고 부르면서 시식을 한다, 기꺼이 돈을 내고서.

고든 람지의 욕설을 먹으며 요리하던 요리사들은 그의 지독스런 욕설 탓인지 땀범벅이다. 녹초가 되고서도 보람을 느낀다고 했다. 욕을 하도 먹어서 배부른 모양이다. 갑자기 아버지가 떠올랐다. 주방에서 아버지는 늘 말이 없었다. 고개를 숙이고 바지락과 씨름할 뿐이었다. 아버지의 가게에 가면 나는 주방에서의 아버지와 카운터에서의 아버지, 두 명의 아버지를 만날 수 있었다.

고든 람지와 제이미 올리버 사이에서 뭔가를 찾아내라는 셰프D의 조언이 목구멍에 걸린 생선 가시처럼 혹은 엉덩이에 깔고 앉은 선인장 가시처럼 몹시 껄끄러웠다.

"아, 어쩌자고 나는! 한국 사람도 아니고 내가 왜 먼 나라 인간들까지 살펴봐야 하는 건데?"

조급한 마음에 소리를 꽥 질렀다. 방 안을 휭 돌아 대답 없는 메아리가 내 앞에 우뚝 멈춰 섰다.

"정답이 어디 있는 거야, 대체."

컴퓨터를 끄고 혼자 라면을 끓여 먹었다. 아무도 없는 집에서 혼자 먹는 라면의 맛은 다 똑같았다. 너구리를 끓이든, 신라면을 끓이든, 하다못해 짜장라면을 끓이든 라면의 맛은 언제나 똑같았다. 우리 집이 가난했을 때나 지금처럼 돈이 넘쳐날 때나 나는 혼자 라면을 끓여 먹었다.

매운맛의 라면에 청양고추 하나를 몽땅 썰어 넣었다. 냄비

뚜껑을 열자 매콤한 냄새가 코끝을 톡 쏘았다. 6인용 식탁에 혼자 앉기가 싫어 냄비를 들고 거실로 나왔다. 거실 바닥에 쪼그리고 앉아 텔레비전을 켰다. 거실 벽면에 걸린 시계의 초침 소리가 유난히 귀에 거슬렸다. 채널을 여기저기 돌리던 중, 패션 프로그램에 채널을 고정했다.

긴 팔다리를 자랑하듯 늘씬한 여자 모델들이 무대에서 워킹을 뽐냈다. 아슬아슬한 상의와 짧은 하의에 눈이 즐거워졌다. 패션쇼를 진행하는 MC가 호들갑을 떨며 디자인이 어떻고 옷감의 라인이 어떻고 알 수 없는 소리를 해 댔다. 그리고 한마디.

"스타일이죠!"

라면발을 끊을 생각도 못하고 나는 '스타일' 그 한마디에 얼음이 되어 버렸다. 걸레 같아 보이는 옷도 스타일로 이해되었고 너무 짧아 중요 부분이 보일 것 같은 위태로운 옷도 스타일로 승인받는다. 우아한 옷도, 다소 난해한 옷도, 화려한 옷도, 단조로운 옷도, 모두 스타일이란 말로 선택받고 인정을 받았다.

"스타일."

나는 고개를 끄덕이며 라면을 먹었다. 매콤한 향이 코끝을 찔렀다. 그렇다. 사람에게는 누구나 자기만의 스타일이라는 것이 존재하는 법이다. 패션디자이너건 군인이건 학교 선생님이건 풀빵장수이건 운동선수이건.

고든 람지나 제이미 올리버나 쇼를 한다. 그들은 요리를 하며 자신만의 쇼를 펼친다. 둘에게는 자신만의 스타일이 있다. 하나는 욕설이 스타일이고 하나는 자유롭게 이것저것 격식을 따지지 않고 요리하는 모습이 그만의 스타일이다. 그렇다면 나에게는 어떤 스타일이 있나? 개뿔 없다.

또다시 절망이 밀려온다. 인공 풀장의 인공 파도처럼 적당한 간격을 두고 밀려오면 좋으련만 이건 시도 때도 없다. 나의 절망은 자연 쓰나미다. 언제, 어디서, 얼마만큼의 높이로 나를 집어삼킬지 알 길이 도통 없다. 그야말로 꼼짝 마라, 다.

숨이 답답했다. 밖으로 나오자 찬 공기가 폐부까지 가득 차오르는 느낌이 좋았다. 운동장에서 아이들이 축구를 했다. 돌계단에 앉아 봄볕을 쬐었다.

"신동빈! 너도 할래?"

정지찬이다. 끊임없이 나에게 관심을 보이는 애였다. 처음에 지찬이의 관심이 부담스러웠는데 이제는 무덤덤하다. 나는 팔을 들어 X를 만들어 보였다. 알았다는 듯 고개를 끄덕이더니 녀석은 공을 힘껏 찼다. 축구공이 하늘로 치솟았다.

중학교 시절 내내, 나는 은따와 왕따 사이를 반복적으로 배회하는 인간이었다. 왜 내가 따돌림을 당해야 하는지 이유를 알 수 없었다. 따돌림도 습관 같아서 계속 당하다 보니 그러려니 했다. 어쩌면 나를 따돌리던 아이들은 아무렇지 않고 무덤 덤한 내 모습을 참지 못했던 것 같다. 지렁이도 밟으면 꿈틀한 다던데 나는 꿈틀은커녕 밟으면 밟는 대로 가만히 있었으니까.

지찬이가 축구를 마치고 오면 축구를 싫어한다는 말 정도는 해 줘야 할 것 같다. 따돌림당하던 시절, 나는 각종 셔틀 대상 이었다. 매일 등하교를 하면서 버스값을 대신 내 주는 버스 셔 틀은 물론이고, 숙제를 대신하는 숙제 셔틀, 급기야 가해자 녀 석의 운동화까지 사다 바치는 신발 셔틀까지 당했다.

나의 십 대 초반은 셔틀의 역사라고 불려도 좋을 정도였다. 그중에서 내가 가장 못 견뎌한 것은 살인 축구였다. 공으로 일 부러 나를 맞추는 녀석들의 행위는 나날이 심해졌다. 처음에 는 수비였는데 나중에는 골키퍼로 세우고 대놓고 위협했다. 프리킥 상황이라도 가면 나는 죽은 목숨이었다. 내가 살인 축 구에서 벗어나게 된 것은 프리킥 상황에서 그들이 가한 팔꿈 치 가격에 앞니가 작살나면서였다. 피범벅이 된 입, 날아가 버 린 앞니를 보며 나는 다행이다 싶었다. 그리고 치료를 받으며 누워 있는 동안 몸보신이라는 이유로 온갖 음식을 먹고 무료 한 시간을 때우기 위해 내 배를 채운 요리들의 레시피를 살펴 보았다. 아버지의 칼국수집이 한창 프랜차이즈 사업으로 번창 하던 무렵이었다. 나를 돌보기 위해 아주머니 한 분이 상주 도 우미로 왔다. 밥상을 차릴 때면 나에게 늘 부엌에 나와 있으라던 아주머니였다.

"음식은 손맛이지."

그래서였을까. 모든 나물, 구이, 조림, 무침에 아주머니의 냄새가 났다. 나중에 그것이 화학조미료라는 사실을 알고 얼마나 웃었는지 모른다.

"야, 뭐가 그렇게 좋아서 실실대냐? 같이 웃자."

땀에 흠뻑 젖은 지찬이가 곁에 앉았다. 축구화를 벗어 맨발이었다.

"냄새나. 좀 떨어져 앉아."

"까다롭기는. 〈드림 셰프 코리아〉 나간다며? 서류 넣었냐?"

"아직."

뜨뜻미지근한 반응이 못마땅한 모양인지 지찬의 미간이 일그러졌다.

"교장이고, 너희 아버지고 주변에서 난리일 텐데. 언제가 마감인데?"

"오늘."

지찬이가 휴대전화로 인터넷 검색을 하는 눈치였다. 나는 모른척했다. 바람이 시원했다.

"정지찬."

"왜?"

"나, 축구 싫어해. 다음부터는 축구 하자고 묻지 마."

지찬이의 붉은색 유광 축구화가 마음에 들었다. 근사하다. 디자인도 색깔도 강렬했다. 한눈에 보고도 '멋지다'라는 생각이 바로 들 만큼.

"인터넷 접수 가능하네. 지금 접수할래? 내가 대신해 줄까?"

지찬의 어깨 너머로 휴대전화 화면을 쳐다보았다. 〈드림 셰프 코리아〉의 로고가 선명했다. 붉은 빛깔의 로고가 순간 섬뜩하게 느껴지는 것은 무슨 조화일까.

"신동빈, 어떻게 할 거야? 포기야, 도전이야?"

지찬이가 내 무릎 위에 자기 휴대전화를 올려놓았다. 5교시를 알리는 종소리가 운동장에 울려 퍼졌다. 나는 지찬의 손에 휴대전화를 건네주며 간단히 말했다.

"도전이야."

대학로는 평일이고 주말이고 없다. 언제나 북적이는 거리는 나까지 흥분하게 만들었다. 나는 어슬렁거리며 거리를 구경했다. 좋아하는 샌드위치를 먹으려고 지하철을 세 번이나 갈아타고 혜화역으로 향하는 정성에 누군가는 할 일 없는 놈이라고 손가락질할지도 모르겠다. 수제 샌드위치의 매력에 빠지지 않고서는 이런 내 발걸음을 이해하지 못하겠지.

〈엔조이 샌디〉의 주인은 사기꾼 캐릭터였다. 배우가 되려고 이 일 저 일 가리지 않다가 샌드위치 노점까지 꾸리게 된 사람이었다. 하지만 그녀의 말에 따르면 무슨 운명의 장난인지 배우가 되기 전까지 굶지 않으려고 노점으로 시작한 샌드위치 가게가 대박을 치면서 배우의 꿈을 접게 된 경우였다. 배우 지망생이어서 그런지 뭐든 잘 외웠다.

"치킨 하나, 비프 커리 하나, 음료는 파인애플 주스. 맞지, 신동?"

그녀는 언제나 나를 '신동'으로 불렀다. 〈엔조이 샌디〉의 샌드위치들은 어떤 메뉴를 시키든지 동일한 끝 맛이 있었다. 바로 '씻을 수 없는 달달함'이다. 사기꾼 사장이 만들어 놓은 메뉴판을 보면 각종 샌드위치 아래에 디테일한 설명이 적혀 있다. 하지만 곧이곧대로 믿으면 안 된다. 예를 들면, 아이비리그 드림 샌드위치의 경우에 미국 동부 가정식 특유의 샌드위치라고 적혀 있지만 그녀는 미국은커녕 의정부나 평택의 미군 부대 근처도 안 가 봤다고 했다. 대신 팝송을 즐겨 듣는다고 했다. 팝송을 듣고 있으면 자유가 느껴진다고 나에게도 팝송을 들어보라고 권했다.

"얘, 신동. 가 봐야 맛을 아니? 다 느낌으로 아는 거야. 내가 미국 동부를 생각하며 먹으면 혀가 알아서 미국 동부식 입맛으로 변하는 거라니까."

그녀의 이런 말도 안 되는 소리에 처음에는 음식에 대한 예의도 없는 무식한 장사치라고 생각했다. 하지만 그녀의 샌드위치는 분명 씹는 동안 먹는 이들을 즐겁게 만드는 무언가가 있었다. 아줌마라고 부르기에는 왠지 올드 미스 느낌의 그녀는 나이를 가늠할 수 없는 묘한 분위기의 여자였다.

"내가 미스인지, 미세스인지 궁금하니?"

귀신같은 여자였다. 오이에 슬쩍 눈길만 줘도 피클용인지, 오이 김치용인지 아는 여자였다. 아닌 척 시치미를 떼려고 했으나 이미 얼굴에 다 나타난 모양이라서 나는 고개를 끄덕였다.

"호적상으로나 무늬는 미스인데, 마음은 늘 빚진 미세스 같다고나 할까?"

"무척 이상하네요."

"응. 난 좀 이상한 여자긴 해, 내가 생각해도. 하지만 샌드위치 맛은 끝내주지?"

나는 샌드위치에는 꼭 파인애플 주스를 마셨다. 달달한 끝맛이 좋았다. 시큼하게 시작해서 달달하게 끝나는 뒷맛은 사람을 행복하게 만들었다. 〈엔조이 샌디〉 사장은 샌드위치를 손님에게 전할 때면 항상 섹시한 포즈로 '행복하게 먹기로 해요'라고 다소 과하고 느끼한 말을 건넸다. 처음 이곳을 찾는 사람들은 그녀의 행동에 기겁하기도 했지만, 샌드위치 맛에 큰 점수를 준 사람이면 다시 〈엔조이 샌디〉를 찾았다. 그리고 그녀의 대사는 〈엔조이 샌디〉를 떠올리게 하는 명물이 되었다. 먹으면 먹을수록 그녀의 괴상한 섹시 포즈를 아무렇지 않게 응대하게 되었다.

"당분간 장사 쉴 거야, 신동."

"왜요?"

"내 남자 좀 보고 오려고."

"내…… 남자요?"

"왜에? 난 내 남자 있으면 안 돼?"

할 말이 없게 만드는 뛰어난 재주를 가진 사람이었다. 자신의 남자에게 진 빚을 돌려줄 때가 왔다는 그녀의 사연에 나는 제대로 알지도 못하면서 고개를 끄덕였다. 그녀의 남자는 그녀의 샌드위치에 매료되었을까, 아니면 그녀의 섹시 포즈에 현혹되었을까.

"행복하게 먹기로 해요, 우리!"

변하지 않는 그녀의 섹시한 포즈와 인사말에 정중히 구십 도로 허리를 숙여 잘 먹겠다고 대꾸했다. 봉지에 샌드위치를 담아 들고 마로니에 공원으로 향했다. 해가 진 공원의 나무 아래에서 먹는 샌드위치는 사람을 묘하게 만들었다. 당장 내일 지구가 멸망해도 별로 억울할 일이 없을 것 같은 기분이 들었다.

공원 한쪽에서 거리 공연이 있는지 음악 소리가 가득했다. 대단한 실력은 아닌 듯했다. 밴드였는데 사람들의 반응이 영 시원찮았다. 밴드 보컬의 인물이 좋았다면 지나가는 여고생들의 발길이라도 잡았을 텐데. 드문드문 커플 몇 쌍과 손자를 데리고 나온 할아버지, 양아치 같은 녀석들이 근처에 앉아 침을 찍찍 뱉고 있었다. 밴드 음악에 반응을 보이는 것은 비둘기 떼뿐이었다. 누군가가 밴드 근처에 먹다 남은 과자 봉지를 버린 탓이었다. 시끄러운 음악이 뚝 끊겼다. 누군가 밴드를 향해 "소음 공해다! 신고할 거야!" 고래고래 소리를 질렀다. 잠시 뒤, 잔잔한 리듬의 락 발라드가 연주되었다. 반응은 역시나 별로였다. 나는 치킨과 비프 커리를 두고 어느 것을 먼저 먹을까 고민하며 파인애플 주스를 마셨다. 〈드림 셰프 코리아〉 서류 심사를 통과하고 첫 무대에 오르면 파인애플을 사용해 음식 경합을 하리라 마음먹었다.

엄마는 파인애플을 좋아했다. 아마도 생과일 파인애플을 좋아했을 것이다. 그러나 살아 있을 때 엄마가 주로 먹었던 건 파인애플 통조림이었다.

엄마는 파인애플 한 통 사 먹는 데에도 벌벌 떨었다. 새벽부터 아버지와 장사하느라 동동거리면서 먹고 싶은 것도 참으며 일만 했다. 바지락칼국수로 대박이 나고 엄마가 좋아하는 파인애플을 냉장고 가득 넣을 수 있게 되자 엄마는 이 세상에 없었다.

공원 구석, 나무 벤치에 앉아 지나가는 사람들을 구경했다. 나는 포장지를 벗기고 샌드위치를 천천히 씹었다. 엄마가 돌아가시고 한동안 악몽에 시달렸다. 나는 씹는 것이 무서웠다. 꿈속에서 몇 날 며칠을 계속 씹어야만 했다. 이가 몽땅 빠지고 턱이 나가자, 나의 씹는 행동은 멈췄다. 무엇을 씹었는지 기억나지 않았다. 그리고 잠에서 깨어났다. 모든 것이 변했다는 것을 깨달았다. 장사를 마치고 돌아온 엄마를 향해 '엄마, 뭐가 먹고 싶어.' 따위의 응석을 부릴 수 없는 현실 앞에 섰다. 내 손으로 무엇이든 만들어 먹을 수 있을 만큼 어서 자라기를 바랐다.

입안 가득 커리향이 퍼졌다. 입술 끝에 묻은 소스를 손등으로 닦았다. 노란빛의 소스가 물감처럼 손등에 번졌다.

"댕, 블로그에 올라갔다고 전부 맛집은 아니야."

"됐거든, 독고용. 유명한 곳이라니까. 이것저것 맛난 것을 먹어 봐야 성공한다고."

귀에 익은 목소리였다. 남자애의 커다란 덩치에 가려 얼굴을 확인할 수는 없었지만 나는 수년이 흐른 지금도 나의 첫사랑 지종달의 목소리를 잊지 않았다. 공원을 가로질러 〈엔조이 샌디〉로 향하는 커플의 모습을 확인했다. 기이한 무늬의 문신이 가득한 남자애의 팔을 잡고서 활짝 웃고 있는 여자애는 분명 지종달이었다.

5. 한 조각의 빵

장발장을 살린 것은 한 조각의 빵이었을까. 한 조각의 빵은 시작이었다. 새로운 인생의 시작, 신호탄과 같은 것이다.

면접관이 내게 물었다. 1차 서류 전형을 통과한 사람들에게 또다시 지원 이유를 물어보다니, 시간 낭비를 제대로 하고 있는 셈이다.

"〈드림 셰프 코리아〉에 지원한 이유를 말해 보세요."

"사랑을 위해 안심을 굽고 싶습니다."

그 어느 때보다 진지했다. 한 마디, 한 마디가 성경이고 코란이요, 불경이 될 수도 있다는 심정으로 말했다. 그러나 심사위원들은 나의 진심을 읽기에 역부족이었다.

"너, 대체 정체가 뭐냐?"

심사위원들 중 젊은 축에 끼는 파란 뿔테가 물었다.

"독고용인데요."

나이 든 심사위원의 콧구멍이 씰룩거렸다. 잘 다듬은 그의 콧털 라인을 유심히 관찰했다.

사람들은 모든 행동에 이유를 묻는다. 그 이유가 무엇인지 궁금해한다. 남의 사정에 대해 속속들이 알고 싶어하는 사람들을 나는 경계한다. 어린 날에는 그들을 저주하기도 했다. 나는 수많은 사람들의 호기심에 상처를 받았다.

넌 왜 보육원에 살아? 엄마는? 갓난쟁이일 때 버려진 거야? 아니면 유치원 때? 엄마가 며칠 밤만 자고 온다고 하고 보육원에 맡긴 거야? 아빠는 없어? 언제까지 보육원에서 살 수 있는 거야? 입양된 적은? 파양되었다고?

왜,

왜,

왜!

〈드림 셰프 코리아〉에 지원하고 서류 심사에 통과했다는 연락을 받고 제자리뛰기를 수백 번은 했다. 제자리뛰기로 국가 대표를 뽑았다면 내가 뽑힐 수 있다고 확신할 만큼 뛰었다. 나의 개인사를 묻지 않고, 오로지 내가 말하고자 하는 것만 적고 누군가에게 선택받은 일은 처음이었다. 그러나 나의 기쁨은 거기까지였다.

입을 열지 않는 나를 빤히 쳐다보는 면접관들이 수군거렸다. 햇빛이 잘 비치는 회의실 용도의 작은 방이었다. 면접관들의 등 뒤로 커다란 창이 서울 도심의 풍경을 그림처럼 담고 있었다.

"한 조각 빵의 의미를 다시 생각해 보고 싶어서요."

"빵?"

빵을 별로 즐길 것 같지 않은 나이 지긋한 남자가 반문했다. 파란 뿔테를 쓴 젊은 남자가 볼펜을 입에 물었다.

"『레미제라블』에 보면 장발장이 빵을 훔치잖아요."

이쯤 되면 면접관들은 나에게 빵을 훔친 전과 기록이 있는지 서류의 비고란을 살피기 시작한다. 비고란 쪽으로 시선을 옮긴 사람은 예상외로 늙은 쪽이 아니라 파란 뿔테였다.

"장발장 좋아해요?"

"아니오, 별로."

"그런데 왜?"

"보육원에서 가장 흔한 책이었거든요."

나는 독서광이 아니다. 하지만 세계명작은 내 또래 그 누구에게 뒤지지 않을 만큼 읽었다. 보육원에서 내가 볼 수 있는 책은 신간이나 내 독서 취향을 배려한 책들이 아닌, 누군가가

읽고 버린 책이었다. 후원이나 기부 목적으로 들어온 책들도 대부분 세계명작이었다. 보육원에 보내야 하는 책은 세계명작이 아니면 안 되는 법이라도 있는 것처럼 사람들은 앞다투어 고전을 보냈다. 그중에서도 가장 많이 들어온 책이 『레미제라블』과 『죄와 벌』이었다. 특히 『레미제라블』은 각 출판사별로 다 소장하고 있을 정도였다. 『레미제라블』을 읽을 때마다 항상 나를 사로잡는 의문이 있었다.

'그는 왜 하고 많은 먹거리 중에 빵이었을까? 빵만 훔치면 그가 갖고 있던 허기를 다 채울 수 있었던 걸까? 빵 하나로 채울 수 있는 허기라면…….'

나는 그들에게 장발장처럼 빵을 훔쳤던 사실을 말하지 않았다. 빵을 훔치기는 했으나, 장발장과 나는 빵을 훔친 의도가 서로 달랐다. 그는 배가 고파서 훔쳤지만 나는 누군가의 마음이 고팠다. 뭔가를 훔치고 나면 보육원에서 나는 주목의 대상이 되었다. 질타와 훈육의 대상이 되더라도 주목을 받고 관심을 받는다는 것은 가슴 벅차게 만드는 일이었다.

"고아였어? 서류엔 그런 특이 사항이 없는데?"

"제가 고아였던 사실이 특이 사항이 되는 건지 몰라서 안 적었습니다."

"아!"

마른 여자가 의미를 알 수 없는 감탄사를 내뱉었다. 냉동 참치의 눈을 하고 있는 여자였다. 싸늘한 눈매로 나를 관찰했던 여자였다.

"할아버지랑 산다고 나와 있는데……."

"할아버지가 절 입양하셨어요."

"그럼 아버지라고 불러야 하는 거 아닌가?"

이번엔 나이 든 쪽이었다.

"양아버지가 전통 떡 명장이시네."

내가 이 방에 들어온 이후 처음으로 냉동 참치의 눈에 생기가 돌았다. 할아버지가 떡 명장인 사실이 저 여자와 무슨 상관인지 궁금했다.

"이 오디션, 요리 오디션이라고 알고 있는데요."

저들의 호기심에 지쳐 가기 시작했다. 오디션 프로그램에 나가려면 저들의 입맛에 맞춰 사근사근하게 굴어야 했지만 내 말투는 엇나가고 말았다.

"그런데?"

파란 뿔테가 반문했다. 나는 나를 주시하는 파란 뿔테의 시선을 피하지 않았다.

"제가 고아라는 것, 우리 할아버지가 날 입양했고, 내가 양아버지를 할아버지가 아니라 아버지라고 불러야 하며 할아버지가 떡 명장이란 사실이 오디션 참가에 반드시 필요한 사항인가요?"

싸늘한 공기가 방 안에 흘렀다. 냉동 참치는 내 서류에 뭔가를 기입하기 시작했고, 나이 든 남자는 불쾌한 기색이 역력했다. 좋지 않은 출발이었다. 서류에 통과했다고 한들, 이번 면접에 통과하지 못하면 오디션에는 출연하지도 못할 것이 뻔했다.

"그럼. 독고용, 네가 고아였다라는 것, 네 양아버지 아니 할아버지가 떡 명장이란 사실은 〈드림 셰프 코리아〉 오디션에 꼭 필요한 요소가 될 수 있지."

〈드림 셰프 코리아〉는 내가 상상했던 오디션 프로그램과 정반대인 것 같았다.

당신의 인생을 요리하라!

프로그램의 홍보 전략은 탁월했으나 그들은 나에게 내 스스로의 인생을 요리할 기회를 주기 전에, 그들이 먼저 내 인생을 재료로 삼으려고 했다. 길지 않은 내 삶에서 재료로 삼을 만한 구석이 있을까.

"눈살 찌푸려도 별수 없어. 네가 다음 관문으로 가게 된다면 너는 요리로 승부하면 되는 것이고, 이 프로그램의 책임 프로듀서로서 나는 시청률 최고의 흥미진진한 요리 오디션을 만들면 그만이니까."

반문하기에 파란 뿔테의 말은 틀린 구석이 없었다. 그는 자기 자리에서 최선을 다한다는 것이니까.

"일단 독고용, 너는 프로그램을 만드는 내 입장에서 봤을 때 나쁘지 않은 스토리텔링을 갖고 있어. 나에게 가장 중요한 사항이지. 기찬 요리를 만드는 건 네 몫이야."

과연 피디다운 멘트였다.

"색다른 스토리텔링을 갖고 있다는 건 플러스 요인이 될 게 분명하죠. 만드는 음식에 자신만의 이야기가 어우러지면 더 매력적이니까. 그래서 사람들이 뻔한 인스턴트 냉동식품보다 사소한 것이라도 자신이 직접 썰고 볶고 간을 본 음식에 열광하는 것 아니겠어요?"

냉동 참치의 말 역시 틀리지 않았다. 할아버지는 라면을 먹더라도 물만 부으면 되는 컵라면은 손도 대지 않았다. 성의가 없다는 것이 이유였다. 같은 라면이라도 물을 끓이고 스프를 넣고 계란을 넣을까, 말까 고민하고 간혹 파나 콩나물을 넣은 직접 끓인 라면을 선호했다.

'적어도 라면 끓이면서 용이, 네가 날 생각했을 거 아니냐? 이 늙은이가 어제 술을 퍼마셨으니 콩나물이라도 넣어야지, 하면서 말이야.'

나의 마음 씀씀이가 콩나물이나 계란으로 표현되는 셈이었다.

"자, 더 물어보실 것 있습니까?"

파란 뿔테가 좌중을 둘러보며 물었다. 모두 이만하면 되었다는 신호를 보냈다. 파란 뿔테는 구석에서 말 한마디 없이 모니터만 보는 콧수염 사내에게 "어때?"라고 간단히 물었고 콧수염 사내는 고개를 끄덕이는 것이 전부였다.

"이만 가 봐도 좋습니다. 수고했고, 또 볼 수 있으면 좋겠네."

이제껏 반말하더니 헤어질 때가 되니 반말과 존댓말을 섞어서 인사했다. 꾸벅 인사하는데 그들은 인사를 받는 둥 마는 둥이었다. 내가 문밖으로 나서기도 전에 그들은 나에 대해 자신들의 견해를 나눴다.

"저 친구, 캐릭터가 있어. 얼마나 살릴 수 있을지가 관건인데……."

문을 닫으며 나는 일말의 가능성과 씁쓸한 기분에 웃지도, 울지도 못하는 심정이 되어 버렸다.

버스 정류장 근처의 포장마차로 발길을 돌렸다. 오는 길 내내 허기졌다. 퇴근길의 허기를 이기지 못한 사람들이 포장마차로 들어섰다. 뜨끈한 국물이 간절했다. 동네 정류장에 있는 포장마차는 어묵국물로 유명했다. 정작 주인은 떡볶이 양념에 심혈을 기울이고 있었지만 손님들의 반응은 어묵에 몰렸다. 일반적인 포장마차 어묵국물과 달랐다. 무와 대파, 국물용 멸치만 넣는 것이 아니라 각종 조개류, 꽃게를 통째로 넣는 주인의 큰 손이 비결이라면 비결이었다. 불에 구워 넣은 대파 탓에 국물은 한결 더 깔끔하고 시원했다. 한마디로 배보다 배꼽이 더 큰 국물이었다.

"어? 용용!"

오동춘 씨였다.

"이 시간에 여긴 어쩐 일이에요?"

"이 시간이 어때서?"

포장마차의 나무 기둥에 매달린 플라스틱 시계가 저녁 7시를 가리키고 있었다. 보통 이 시간이면 오동춘 씨는 〈킹&퀸 관광카바레〉 오픈 준비로 바쁠 때였다. 모르긴 몰라도 주방에서 과일 안주 접시라도 세팅해 놔야 할 시간이었다.

"너, 순대 먹을래? 젊은 애가 남의 살도 먹어 줘야 큰다."

간을 양념 소금에 찍어 먹으며 훈수를 두는 그의 키를 눈대중으로 가늠했다. 기껏해야 170센티미터나 되려나. 오동춘 씨는 나름 신경 써서 풍성한 뒷머리를 앞쪽으로 끌어와 가리려고 했지만, 정수리 부분부터 탈모가 진행되는 것이 훤히 보였다.

다른 건 몰라도 순대 간은 절대 사절이다. 말도 안 되는 소문 때문이었다. 초등학교 2학년 때였다. 방과 후, 분식집에서 주전부리하는 아이들이 부러웠다. 빈 주머니인 내가 그들 무리에 끼기에는 불가능했다. 한 녀석이 나에게 맞난 것을 사 주겠다고 꼬였다. 순대와 떡볶이를 사며 녀석은 나에게 선심 쓰듯 말했다. 순대 간을 입에 넣고 고소함을 한껏 음미하고 있는데 "그거 아기 간이다." 설마, 하는 마음이었다. 그토록 감칠맛 나는 고소함이 그렇게 끔찍한 비밀을 담고 있을 리 없었다. 하지만 녀석의 다음 말은 나를 경악하게 했다. "엄마가 버리고 간 아기들 간이라니까." 자존심 때문이었는지 나는 녀석 앞에서 입안의 순대 간을 끝까지 꼭꼭 씹어 삼켰다. 수녀님이 아니었다면 나도 어쩌면 누군가의 접시에 올라가 있을 몸이었다. 끔찍했다. 내 간도 저렇게 퍼석거리는 회색빛으로 익었을지도 모른다는 생각을 하니 오금이 저렸다. 지금은 바보 같은 소리라는 걸 알지만 버려졌다는 사실, 버림의 상처가 아물기도 전에 내가 버려지지 않은 자들의 간식거리가 된다는 현실이 두려웠다. 나에게 지옥은 순대 간을 푹푹 찌는 찜솥 안이나 다름없었다.

토악질이 났지만 눈이 빨개지도록 참으며 다 씹어 삼켰다. 목구멍으로 넘어가는 고소함은 내 몫이 아닌 것 같았다. 그래도 천천히 씹어 꾸역꾸역 목구멍으로 넘기자 분노와 서글픔이 동시에 밀려왔다. 입안에서 질척이던, 밀도 있는 분노와 서글픔은 비릿함으로 뒤바뀌었다.

"일 안 해요? 여기서 이러고 있어도 되나?"

"야, 용. 다 먹고살자고 하는 짓인데 좀 늦으면 어떠리."

말은 여유롭게 하면서 주문한 순대랑 튀김이 나오자, 허겁지겁 먹는 모습이 애처로웠다. 나는 어묵국물을 따라 슬쩍 오동춘 씨 쪽으로 밀어 줬다. 입안 가득 순대와 고구마튀김을 넣던 오동춘 씨가 젓가락질을 멈추고 두 손으로 내 뺨을 부여잡았다. 갑작스런 행동에 놀라 종이컵을 바닥에 떨어뜨리고 말았다.

"앗뜨뜨! 왜 이래요?"

집게로 만두튀김을 먹던 여자가 우리를 힐끗 쳐다봤다. 못 볼 꼴 봤다는 분위기였다. 여차하면 입을 맞출 만큼 서로의 얼굴이 가까웠다.

"내가 네 얼굴만 갖고 있었어도 대한민국 여자들의 대통령이 되는 건데."

행동은 거침없고 입담은 기막힌 소리만 골라 하면서도 오동춘 씨는 외모에 자신 없는 소리를 했다. 물론 어느 쪽이 진짜인지 알 길은 없었다. 어떤 날은 자신이 톱스타의 외모를 능가한다고 믿는 눈치이기도 했고 또 어떤 날은 콤플렉스투성이의 못난 남자같이 굴 때도 있었다.

"박보검, 박보검은 다 내 앞에 무릎을 꿇었을 거야."

"지금 이 말 녹음했다가 박보검, 박보검한테 보낼 거예요. 오동춘 씨, 그러면 감옥 가요. 인격모독죄로."

"겨우 그 정도로 감옥 간다고? 시시한데."

아까부터 댕이한테 전화와 문자 메시지가 왔다. 안 봐도 뻔했다. 면접 어땠냐고 묻는 내용일 것이다.

"전화 왜 안 받냐?"

"신경 쓰지 마요."

"어디 갔다 오냐? 차림이 예사롭지 않아."

오동춘 씨가 나를 위아래로 쭉 훑었다. 그의 시선이 발에 가서 멈췄다. 댕이 때문이었다. 나는 늘 발이 답답했다. 슬리퍼 딱인데 그놈의 면접 때문에 광을 낸 구두까지 빌려 신었다. 댕이 말로는 어른들에게 먹히는 게 댄디스타일이라는데 댄디고 대디고, 앞일을 도통 모르겠다.

"그냥 면접 보고 왔어요."

"면접? 무슨 면접? 널 써 주겠다는 곳도 있냐?"

애당초 말을 섞지 말았어야 했는데, 입을 뗐으니 끝장을 보려고 할 것이다. 자포자기한 심정으로 오동춘 씨에게 사실대로 말했다.

"독고용, 너도 감옥 가겠다."

"내가 왜요?"

밑도 끝도 없는 오동춘 씨의 말에 어이가 없었다. 그는 순대와 튀김 접시를 싹싹 비우더니 매운 어묵에 손을 댔다.

"너, 요리라고는 집에서 소꿉장난이 전부 아니냐? 그런 녀석이 세상의 심장을 다 가져오겠다고? 흥이다, 이놈아."

"내가 언제 심장 가져온대요? 심장을 왜 가져와?"

어묵이 제법 매웠는지 오동춘 씨의 얼굴이 금세 빨개졌다. 콧등에 땀이 송글송글 맺혔다.

"야, 넌 요리 오디션 나간다는 놈이 상식도 모르냐? 사람이 혀만 갖고 음식 먹냐?"

음식을 맛보는데 혀 말고 또 뭔가 다른 것이 필요한가. 퍽, 퍽! 오동춘 씨가 가슴을 쳤다. 나는 얼른 근처에 있는 물 잔을 건넸다. 손사래를 치더니 나를 한심한 눈길로 쳐다봤다.

"이 아이를 어쩌면 좋지? 하아…… 용용아."

난 대꾸하지 않았다. 대꾸해 봤자, 요상한 소리만 늘어놓을 게 뻔하니까. 하지만 오동춘 씨는 자신의 캐릭터에 맞게 내가 대답하거나 말거나 자기 말을 이어 나갔다.

"요리 오디션에서 음식을 먹는 건 방송에 나오는 심사위원들 뿐이야. 보는 사람들이야 네 음식 맛이 어떤지 어떻게 알아? 그리고 알 게 뭐야? 혀가 아니라 심장이야. 네가 공략해야 할 곳은 사람들의 심장이라고."

남은 어묵 조각을 입안에 쏙 넣더니 오물거리는 오동춘 씨. 오물거리는 모습이 진짜 늙은 염소를 연상케 했다. 포장마차에 들어온 조명이 서글프게 느껴졌다. 오렌지 빛을 멍하니 보고 있으니, 오동춘 씨라도 좋으니 따뜻한 격려의 말 한마디가 당장 그리웠다.

"격려해 주면 안 돼요? 태어나서 처음으로 도전이란 걸 하는 데."

포장마차 테이블 구석에 있는 이쑤시개를 하나 꺼내들더니 찬찬한 손놀림으로 잇새를 쑤시는 오동춘 씨. 내가 저 사람한테 격려를 요구하다니! 집에 돌아가는 길에 댕이를 만나야겠다. 계산을 하려고 지갑을 꺼내는데 오동춘 씨가 나를 말렸다. 그러더니 주머니에서 꼬깃꼬깃한 만 원짜리를 꺼내 포장마차 주인에게 내밀었다.

"사람들의 심장은 호락호락하지 않다는 것. 그게 나의 조언이자 응원이다."

사람들의 심장은 둘째치고 당장 댕의 심장을 움직이기에도 호락호락하지 않다는 것에 좌절감이 몰려왔다. 헤어지기 전, 오동춘 씨가 던진 한마디에 내 심장이 요동친 까닭이었다.

면접을 궁금해하는 댕이의 문자에 답장을 보내는데 오동춘 씨가 내 귀에 숨결을 내뿜었다. 손까지 흔들며 헤어진 그가 내 옆구리에 바싹 붙어 있었다. 화들짝 놀라 주먹으로 오동춘 씨의 옆구리를 가격하고 말았다.

"아이쿠야! 요리가 아니라 UFC에 나가라."

"징그럽게 뭐하는 짓이에요!"

"애인이냐? 이토록 끈질기게 문자를 보내는 것 보면 애인이다."

화가 났다는 표시로 입을 내밀었다. 나의 오랜 버릇이었다. 뭔가 불만스러우면 나는 입을 삐죽이거나 내밀었다.

"애인 아니라니까 그러네요!"

"으이구. 알았어, 젊은이. 아직 키스 전이구먼. 그럼 애인은 아니지. 용용, 진짜 어린이였네."

연장자만 아니라면 들어서 어디로든 던져 버릴 수도 있었다. 이럴 때는 그저 무반응이 상책이다.

"용용, 남자라고 무조건 키스를 잘할 수는 없지. 바지 후딱 벗는다고 똥 잘 싸냐? 그건 아니거든."

동춘 씨의 말은 왠지 어불성설이라는 표현도 갖다 붙일 수 없을 만큼 터무니없었다. 손에 쥔 휴대전화가 요동쳤다.

"용용. 너, 내가 어른으로서 충고하는데 말이다. 세상이 아무리 변해도 키스의 시작과 끝은 남자의 혀끝에서 시작하는 법이다. 알았냐?"

동춘 씨가 도마뱀처럼 내 코끝에 대고 혀를 날름거렸다. 낭만적인 키스를 꿈꾸는 사춘기 소년의 환상을 깡그리 깨 버리는 행동이었다.

"아, 더러워요."

"이 새끼, 더럽기는. 니가 하려는 게 그 더러운 거다. 아냐?"

"남의 키스를 모욕하지 마요, 진짜!"

대체 왜 오동춘 씨와 키스에 대해 떠들어야 하는 건지 이해할 수 없었다. 댕이와 나의 순결한 입맞춤이 동춘 씨의 입 냄새만큼이나 탁하게 오염되는 것 같았다. 나는 반드시 이번 오디션에서 우승하고 우승 기념으로 보란 듯이 입맞춤을 시도하고 말 테다! 댕의 머리와 심장에서 그 애의 첫사랑을 몰아낼 계획이다.

용용, 괜찮아?

'괜찮아?'라는 말이 나에게 미치는 영향은 가늠할 수 없을 정도로 컸다. 댕의 문자를 계속 무시하다가 '괜찮아?' 한마디에 '집이야.' 대답하고 말았으니 말이다. 나는 심사위원들의 태도에 상처 받았고 내 상처를 위로해 줄 누군가가 필요했다. 그 사람이 댕이였으면 했다. 그러다 보니 댕이의 입술도 아주 잠깐 뇌리에 스쳤다.

댕의 최대 장점은 동작이 빠르다는 것이다. 답 문자를 보내기가 무섭게 초인종이 울렸다. 아무래도 집 앞에서 대기하고 있다가 바로 뛰어 들어온 것 같은 의구심이 들었다.

"너, 대문 앞에 있었냐?"

"아니. 왜에?"

시치미를 뗐지만 새빨개진 귓불과 뺨, 얼어 있는 손끝은 감출 수가 없었다. 빨간 댕이의 두 뺨에 나도 모르게 손이 갔다. 당황한 기색이 역력한 댕이 몸을 뒤로 뺐다. 묘한 기류가 우리 둘 사이에 흐르자, 머릿속이 '이건 아닌데.' 경보음이 울리고 야단이었다.

"용용, 나 배고파. 저녁 안 먹었어."

다행이었다.

"으이구, 밥순아. 너희 집 가서 네 손으로 좀 차려 먹어 봐라."

어색했던 손을 댕의 두 뺨으로 가져갔다. 빨갛게 변한 뺨을 꼬집어 잡아당겼다. 부드럽고 말랑한 감촉이 수제비 반죽 같았다. 예상대로 댕의 볼은 차가웠다. 밖에서 나를 기다리고 있었던 것이 틀림없었다.

"수제비 해 먹을까?"

"띵호와!"

댕이 익살스럽게 개다리춤을 췄다.

"띵하오겠지."

수제비 반죽을 하는 동안 댕은 인터넷 검색에 열을 올렸다. 쉬지 않고 재잘대면서 면접이 어땠는지 질문을 해 댔다. 무시하려고 했지만 그랬다가는 입에 불을 뿜으며 나를 삶아 먹으려고 할지도 몰랐다.

"그냥 이런저런 질문이지."

"그러니까 그 질문이 어떤 거였냐고? 너한테 좀 긍정적이야?"

"나한테 긍정적인 게 뭔데?"

"바보냐? 너한테 웃어 보이거나 또 보자, 하는 말 같은 거."

"그런 거 없었는데."

"아이, 말도 안 돼! 서류를 그렇게 미스터리하고 뭔가 있어 보이게 썼는데 널 떨어뜨릴 리가 없어. 고지가 눈앞인데 여기서 빠꾸당할 순 없지."

"시끄럽고 육수 간 좀 봐 봐."

멸치와 새우가루, 다시마로 우려낸 국물은 여느 때보다 풍미가 있었다. 숟가락을 댕의 입 앞에 갖다 대자, 댕은 식히지도 않고 꿀꺽 삼켰다. 인상을 잔뜩 찌푸렸다. 작은 얼굴에 그토록 많은 주름이 생길 수 있다니 놀라울 따름이었다.

"국물이 끝내줘. 이렇게 맛 좋은 국물 맛을 보려면 그 심사위원들, 널 반드시 출연시켜야 할 거야."

상을 차리는 동안에도 댕은 인터넷 검색에서 눈을 떼지 않았다.

"뭐 하는 거야?"

"용용, 방송 전에는 너의 경쟁자들을 알 수 없으니까, 심사위원이라도 미리 체크해 보자."

"체크해서 뭐하게?"

"너, 그걸 말이라고 하는 건 아니지?"

수제비는 끝내줬다. 시원한 육수에 반죽도 찰졌다. 씹는 식감도, 목 넘김도 딱 좋았다.

"심사위원들의 취향을 알아보면 파이널 무대로 가는 길이 좀 수월하지 않겠어? 전쟁터에 나가는데 적을 알아야 할 것 아니야."

아주 가끔 나는, 댕이 무섭다. 배고프다던 댕은 내가 수제비 그릇을 비우기도 전에 놀라운 손가락 스킬로 면접에서 봤던 심사위원들의 신상명세서를 쫙 뽑아 놨다. 벽에 걸린 달력 한 장을 뜯더니 뒷면에 인물 관계도까지 그렸다. 무슨 드라마의 삼각관계를 연출하는 것도 아니면서 종이 한가운데에 내 이름을 적더니, 심사위원들 이름을 사방팔방으로 빙 둘러서 배치했다.

심지어 냉동 참치의 이미지를 클릭하더니, '얼린 생선 눈 같아'라고 말하는 바람에 나를 기함하게 만들었다. 이심전심이라더니!

파란 뿔테 사내는 쉽지 않았지만 댕은 검색의 여왕답게 그가 쓴 요리에 관한 에세이집까지 찾아내는 저력을 과시했다. 이미 절판된 책이었다. 요리에 관심이 많은 피디였다. 직접 프랑스에 가서 요리도 배운 이색 경력을 가진 남자였다. 그가 나에게 강조했던 스토리텔링이 식어 가는 수제비 국물 위로 떠올랐다.

"용용, 수제비 끝내준다."

다 식어 버린 수제비를 참 맛있게도 먹는 댕. 댕의 저 작은
입이 잊지 못하고 기억하는, 안심을 구워 주던 남자애가 불현
듯 궁금해지는 저녁이었다.

6. 매시 포테이토

매시 포테이토,
죽어라 으깬다.
또 으깬다.
죽이 될 때까지 으깬다.
그것이 진정한 매시 포테이토다.

볼에 담겨 있던 감자는 처참할 정도로 으깨져 점점 제 모습을 잃어 간다, 망가지고 상처를 입은 누군가처럼. 그러나 으스러지고 부서질수록, 힘이 가해지면 가해질수록 감자는 점점 부드럽고 온기 가득한 '매시 포테이토'라는 새 이름을 얻게 되는 것이다.

나는 흙 묻은 딱딱한 감자에서 부드럽고 온기 있는, 그러면서 맛있는 매시 포테이토가 되었으면 하고 바란다.

"그만 해라, 신동. 그러다가 감자가 죽 되겠다."

지찬이 내 손에서 볼을 빼앗았다. 퐁드보 안심스테이크 옆에 놓을 매시 포테이토는 거의 죽 상태가 되었다. 감자 때문에 좋은 점수를 받기는 글렀다. 셰프D가 조리대 사이를 돌았다. 그는 점수보다는 완성된 음식의 장점을 최대한 찾아내려고 애쓰는 선생이었다.

깨끗하게 닦은 그의 조리화가 얼룩진 내 조리화 앞에 멈췄다. 지찬의 어깨를 가볍게 두드린 그가 나를 향해 물었다.

"어때 만드는 동안 행복했니?"

다른 애들은 "네!"라고 하는 대답을 나는 하지 못하고 우물쭈물거렸다. 별것 아닌 질문이었다. 그냥 아무 생각 없이 '네'라고 하면 그만이었다. 그러나 그의 음성, 눈빛, 어투는 다른 아이들에게 질문할 때와 다르다는 것을 나는 매번 느꼈다. 나의 착각일수도 있으나, 그의 질문은 나를 옴짝달싹 못하게 만드는 힘이 있었다. 나는 또 대답하지 못했다.

"매시 포테이토 상태를 보니, 별로 행복하지 않은 감자네."

스테인리스 볼 표면에 '망했다'란 표정의 지찬이 얼굴이 비쳤다. 2인 1조 실기는 이래서 별로였다. 함께 짐을 나눠 지어야 한다는 것이 나에게는 큰 부담이었다.

"손."

"네?"

"신동빈, 손 좀 보자고. 손 내밀어 봐."

뜬금없는 셰프D의 말에 멈칫했다. 앞치마에 손을 한번 문질러 닦고 손을 내밀었다. 위생 상태를 점검하려나 했지만 이미 실습 전에 확인받았다. 뭉툭한 손톱이 투박해 보였다. 손끝이 빨갛게 물들어 있었다. 나는 손톱을 물어뜯는 버릇이 있었다. 아무것도 하지 않는 시간을 견디기가 힘들었다. 손톱을 잘근잘근 씹으면 아무 생각을 하지 않아도 되어 좋았다.

"언제부터 손톱 물어뜯었니?"

글쎄…… 언제부터였을까. 가시 같은 손끝에 작고 동그란 손톱이 없었다면 부지깽이로 취급받아도 좋을 손이었다. 셰프D의 큰 손이 내 손끝을 그러모아 잡았다. 두텁고 단단한 손이었다.

"좋지 않은 버릇이야, 좋은 셰프가 갖기엔. 내 말 알지?"

나는 대답하지 않았다. 그저 짧고 뭉툭한 손끝을 오므렸다.

누구도 이제 내 손을 잡지 않는다. 나는 건장한 열여덟이 되었다. 농구공은 힘들어도 배구공과 축구공을 한 손으로 움켜쥘 수 있을 만큼 사내다운 손을 갖게 되었다.

권고사직을 당한 아버지가 빚보증까지 섰다는 사실을 알게 된 직후, 우리 집안은 급속도로 무너졌다. 집에 낯선 자들이 들락거렸고, 낯선 자들이 집 안에 발을 들일 때마다 집 안 곳곳에 빨간 딱지가 붙었다. 나는 그 빨간 빛깔이 마음에 들었다. 초등학교에 입학하기도 전에 나는 '권고사직'과 '보증' 그리고 '차압'이라는 단어를 정확히 이해할 수 있었다.

　텔레비전에 붙여 놓은 빨간 딱지를 슬쩍 떼던 날, 아버지는 나를 죽일 듯이 팼다. 영문도 모르고 나는 '잘못했어요!'를 숱하게 외쳤다. 본능이었다. 잘못했다고 빌지 않으면 내일이 올 것 같지 않았다. 어둠 속에서 나는 몸을 웅크리고 잤다. 끼니는 절대로 거르는 법이 없었는데 그날 처음으로 나는 밥을 굶었다. 엄마는 저녁때가 되어도 밥솥에 불을 켜지 않았다. 물속에 잠긴 쌀알처럼 나는 어둠 속에 잠겨 갔다. 잠결에 엄마와 아버지가 싸우는 소리를 들었다. 다투는 소리가 그 어떤 자장가보다 큰 위로가 되었다. 저토록 힘찬 소리라면, 우리 집은 예전처럼 괜찮아질 것이라는 믿음이 생겼다. 하지만 날이 밝기가 무섭게 엄마는 내 손에 색종이 한 묶음을 들린 채 외가로 보냈다.

　엄마는 나를 외할아버지에게 맡겼다. 그리고 나를 맡긴 지 삼 년이 지나도록 나를 데리러 오지 않았다. 때가 되면 선물을 보내고 전화를 걸어 내가 잘 있는지 확인할 뿐, 나를 데리러 오지는 않았다. 내 손을 잡고 '집으로 가자, 동빈아'라고 말하지 않았다.

할아버지네 마루에 걸린 새마을금고 달력을 곁눈질로 보며 엄마가 이제나 오려나, 저제나 오려나, 날짜를 헤아리는 짓도 끝내야겠다고 마음먹을 무렵 엄마가 심야 고속버스를 타고 나를 데리러 왔다.

엄마는 야위었지만 활기 넘쳐 보였다. '엄마아.' 아이다운 어리광을 부리며 엄마의 허리를 끌어안고 싶었다. 나를 버려두지 말라는 몸짓을 보여 줘야 했다. 하지만 발이 떨어지지 않았다. 엄마에게선 더 이상 엄마 냄새가 느껴지지 않았다. 고소한 크로켓 냄새나 알싸한 마늘 냄새, 달달한 간장 냄새 대신 차가운 바람 냄새가 났다.

그리워하던 엄마를 만났는데 자꾸만 할아버지의 엉덩이 뒤로 숨고 싶어졌다.

"사내 녀석이 그렇게 숫기 없이 뒤로 내빼면 할애비 방귀 뀐다."

할아버지가 겁을 줬지만 나는 꿈쩍하지 않았다.

"신동빈, 엄마가 우리 아들 맛난 것 해 주려고 사 왔어. 이리 와 봐, 응?"

어린 나의 입맛을 사로잡으려고 했다면 엄마는 달달한 맛과 화려한 장식을 자랑할 만한 케이크를 사 들고 왔어야 했다. 그러나 엄마 손에 들린 꽃무늬 장바구니에는 돼지고기와 지리산 자락에서 자랐다는 고사리, 집에서 싸 왔다는 묵은지, 유기농 가게에서 샀다는 숙주나물, 그리고 투명 비닐봉지에 담긴 정체불명의 가루가 들어 있었다.

"오느라 고생했을 텐데 좀 쉬지 그러냐?"

할아버지는 엄마와 나 사이에서 어색한 공기를 감지했는지 한마디 거들었다. 그러나 어색해한 것은 할아버지와 나뿐. 엄마는 당황하지도, 난색을 표하지도 않았다. 엄마는 지난 삼 년 동안 외가에서 지내기라도 한 듯 자연스러웠다.

엄마가 풀어놓는 짐 보따리를 바라보며, 엄마를 다시 만나게 되었다는 안도감, 엄마가 나를 잊은 것이 아니라는 확신에 가슴을 몇 번이나 쓸어내렸는지 모른다.

"이게 뭔지 아니?"

정체불명의 가루를 나는 위험스런 물체라도 되는 양 외면하고 말았다. 엄마가 빗질하지 않아 뒤엉킨 내 머리를 쓰다듬어 주었다. 엄마의 손길에 나는 제자리에 얼어붙고 말았다. 엄마가 부엌에서 한 장의 녹두전을 내 앞에 부쳐 내기 전까지, 나는 마법에 걸린 소년처럼 엄마가 요리하는 모습을 기대 반, 두려움 반으로 관찰했다.

색다를 것 없는 식재료들이 엄마의 손끝에만 닿으면 고소한 냄새를 풍겼다. 벌건 돼지고기는 후추, 소금, 정종으로 밑간해

두고, 숙주나물과 고사리에 간장 양념을 묻히고, 송송 썬 김치의 시큼한 내음에 코끝이 찡했다. 나는 식탁 의자에 은근슬쩍 엉덩이를 걸쳤다. 아버지가 좋아하는 안주였다. 나의 후각은 예민했고 나는 엄마의 손끝이 부리는 마법에 현혹되었다.

입안에 침이 고였다. 나를 몇 년 동안 방치했다는 분노는 슬그머니 고개를 숙였다. 프라이팬이 기름에 달궈지고 정체불명의 가루는 녹두전으로써의 제 임무를 완수하기 시작했다. 이유는 알 수 없지만 엄마를 다시 만나면 못되게 굴어야지 결심했던 마음이, 녹두전이 바싹하게 익어 갈수록 무너졌다.

"아~ 해 봐."

"……."

녹두전을 건네는 엄마의 손은 예전의 엄마 손이 아니었다. 분홍색 매니큐어도 사라졌고 길고 가늘었던 손톱이 짧고 뭉툭하게 변해 있었다. 손끝도 빨갰다. 아버지를 떠올려 보려고 했지만 가구에 붙은 딱지만 생각날 뿐이었다.

나는 노릇하게 구운 녹두전을 내미는 엄마를 거부했다. 완강하게 고개를 가로저어 내 의사를 표시했다. 그러나 엄마는 순순히 물러서지 않았다.

"아~ 해 봐. 딱 한 번만. 응?"

입가에 녹두전이 닿았다. 따뜻하고 고소한 냄새에 심장이 떨려 왔다. 그리고 나는 하루하루가 허기졌던 여덟 살이었음을 기억해 냈다. 내 마음이 절대로 입을 열어서는 안 된다고 발 버둥을 쳤지만, 나의 입은 노릇노릇하게 익은 녹두전의 온기에 길들여질 것처럼 부지런히 움직였다. 침샘 가득 서글픔, 그리움, 안도감, 행복감이 뒤섞여 녹두전은 입안에서 뭉개지고 으스러졌다. 목구멍으로 천천히 넘어가는 녹두전 탓이었을까. 나는 집을 떠난 이후로 단 한 번도 내비치지 않았던 울음을 크게 터뜨리고 말았다.

"무, 무슨 일이냐?"

비명 같은 내 울음소리에 놀란 할아버지가 부엌으로 뛰어들어왔다. 내 볼은 잔뜩 넣은 녹두전으로 빵빵했다. 입가에는 침이 줄줄 흘렀다. 꼴이 말이 아니었음은 물론이다. 엄마가 나를 품에 안았다.

"괜찮아. 자, 그만 울고 식탁에 앉아서 천천히 먹자. 녹두전이야. 동빈이가 자주 열도 나고 밥도 잘 안 먹는다고 해서, 엄마가 우리 아들 만나면 제일 먼저 해 주고 싶었던 음식이야. 어때, 맛있지?"

녹두전에 어떤 효능이 있는지 나는 알지 못했다. 단지 따뜻한 음식이 입에 들어오는 순간, 내가 아주 많은 것을 잃고 지냈다는 서러움이 밀려들었다. 엄마는 내가 밤마다 잠을 제대로 못 자 미열에 시달리는 것도, 식욕이 없어서 밥도 먹는 둥마는 둥이라는 것도, 그래서 또래 여덟 살짜리들과 달리 뛰놀

기 보다는 우두커니 앉아 있는 것을 좋아한다는 것도 전부 알고 있었다. 언제나 내 곁에 있었던 것도 아니면서.

더 이상 음식을 먹고도 토하지 않을 거란 확신이 들었다. 엄마가 구운 녹두전은 최고였다. 짧게 깎은 손톱이 단정해 보였다. 엄마는 그 손으로 녹두전을 내 입에 맞게 잘라 주었다. 나는 기름이 잔뜩 묻은 입술을 꾹 다물고 가만히 생각했다. 나는 죽을 때까지, 아니 이 지구상의 모든 음식이 사라질 때까지 엄마가 해 준 고소한 녹두전을 잊지 못할 게 틀림없었다.

〈1인을 위한 만찬〉으로 개량 한복 차림의 노인과 내 또래 사내아이가 들어섰다. 언뜻 보기에 185센티미터를 훌쩍 넘는 키 때문에 제 나이보다 더 들어 보였지만, 교복 차림을 보니 내 또래였다.

"잘 부탁해, 오늘."

마리안이 모델 일로 자리를 비운 사이, 셰프D가 하루 동안 서빙을 부탁했다. 흔쾌히 승낙했다. 이곳에 오면 누군가의 저녁 식탁을 훔쳐보는 기분이 들었다. 테이블이 즐비한 그렇고 그런 레스토랑들과는 확실히 공기부터가 달랐다.

작은 골목 안에 어둠이 스며들자, 나는 실내조명을 낮췄다. 오픈 키친에서 셰프D는 오늘의 메뉴를 조리하고 있었다. 도마 위의 칼질 소리, 물이 끓는 소리가 손님들의 대화 소리에 녹아

들었다.

　나는 단 하나의 테이블에 불을 밝혔다. 초에 불을 붙이자 은은한 향이 공기에 흩어졌다. 노인이 눈인사를 건넸다. 흰머리가 인상적이었다. 부드럽게 컬이 진 흰머리는 부서지는 파도를 연상케 했다.

　"우리한테 술 좀 미리 갖다 줄 수 있겠소? 와인으로 축배를 들고 싶은데……."

　"물론입니다. 특별히 찾는 와인이라도 있으신가요?"

　"아니오, 권해 주면 좋겠는데. 사실 내가 이런 곳은 처음이라서. 술은 막걸리랑 소주밖에 몰라요."

　인상만큼이나 소탈하고 서글서글한 노인이었다. 또래 남자애는 노인의 물음에 단답형으로 대답하면서도 주변을 찬찬히 둘러보고 있었다. 특히 셰프D의 오픈 키친을 흥미롭게 쳐다보고 있었다. 조리 중인 셰프D와 간혹 눈이 마주치면 시치미를 떼며 안 본 척하기도 했다. 위압적인 덩치와 달리 하는 행동이 수줍어 보여 인상적이었다.

　"손님, 와인 말고 샴페인은 어떠신가요?"

　라벨에 붉은 리본이 새겨진 '멈 꼬르동 루즈'가 나의 추천 샴페인이었다. 남자애는 내 손에 들린 샴페인을 보더니, 노인에게 말했다.

　"할아버지, 저 미성년이에요."

팔뚝에 휘황찬란한 문신이 있는 남자애의 입에서 나온 말로
는 어울리지 않았다.

"네 입으로 미성년이라는 녀석이 그렇게 맥주를 음료 마시듯
하냐? 어림없는 소리 말어. 오늘은 특별한 날이니까 나랑 한잔
해."

역시나였다. 술이 물보다 잘 넘어가는 나이였다. 나 역시 밤
에 혼자 컴퓨터 앞에 앉아 영화를 볼 때나 잠이 안 올 때면 사
다 놓은 맥주를 몰래 마셨다. 창가에 기대 앉아 넋 놓고 달을
보며 맥주를 마시는 순간이 가장 편안했다. 나는 맥주가 좋았
다. 발효된 보리의 풍미를 제대로 알기도 전에 맥주가 주는 시
원함에 매료되었다. 그리고 맥주의 정직함이 마음에 들었다.
마시는 만큼 배출 욕구가 생기는 알코올이라는 점이 좋았다.

남자애는 내 눈치를 슬쩍 보더니, 포기했는지 담담한 목소리
로 노인에게 말했다.

"할아버지, 이 술은 오버라니까요. 오늘 밥값만 해도 이미 오
번데."

"독고용."

남자애의 이름은 독고용이었다. 촛불에 비치는 노인의 눈에
는 애정이 가득했다. 테이블 위, 마주 잡은 두 사람의 손이 정
겨웠다. 노인은 문신이 가득한 남자애의 팔을 토닥토닥 두드렸
다.

"용아, 오늘은 그런 것 신경 안 써도 된다. 할애비가 너의 새로운 도전을 응원하는 자리인데 이렇게 기분 망칠 거야? 응?"

두 사람은 건배를 했다. 샴페인의 종류나 가격은 중요하지 않았다. 그들의 테이블에서 샴페인은 축배라는 제 역할을 충분히 완수했다. 나는 노인이 말하는 남자애의 새로운 도전이 궁금했다. 진심을 다해 응원 받고 있다는 사실을 저 애는 알고 나 있을까.

노인은 유쾌한 사람이었다. 쑥스러워하는 손주에게 러브샷을 청했다. "아, 진짜." 하고 신음 소리를 내면서도 남자애는 노인의 러브샷을 거절하지 않았다. 건장한 몸을 테이블 앞으로 바짝 붙여서 노인이 불편하지 않도록 배려하는 모습에 내 마음도 말랑말랑해지는 기분이었다. 그림 같은 테이블이었다. 단단한 체격의 손자는 노인의 안전한 바람막이가 되어 줄 것 같았다.

"멋진 손님이야. 샴페인은 서비스로 나가야겠어. 저토록 훌륭한 테이블을 선물해 주셨으니까."

셰프D다운 발상이었다. 에피타이저로 머슈룸&갈릭 페테를 테이블에 내가자, 노인이 셰프D의 손을 정겹게 잡으며 부탁했다.

"내 아들이 곧 새로운 도전을 할 건데, 집에서 맨날 먹는 김치찌개, 된장찌개만 갖고 도전하기 힘든 일이라 내가 여기에 왔소. 멋진 요리도 먹어 봐야 할 것 같아서. 게다가 내가 이 녀석한테 매일 식사 당번을 시킨 게 미안해서 말이지. 허허."

손자와 할아버지 관계가 아니었나? 아까 전에 남자애는 분명 노인을 두고 '할아버지'라고 불렀다. 기묘한 관계였다. 그러나 셰프D는 웃으며 남자애에게 에피타이저로 내간 머슈룸& 갈릭 페테의 레시피를 설명해 주었다. 재료 손질부터 시작해서 크림치즈의 정확한 양과 냉장고에서 숙성시켜야 하는 시간까지 상세히 일러 주었다. 셰프D는 고맙다고 인사하는 남자애에게도 잊지 않고 물었다.

"요리하는 거 행복해요?"

매번 나를 머뭇거리게 만든 질문 앞에 또래의 남자애는 씨익, 웃어 보였다. 그리고 자신의 덩치만큼 단단한 목소리로 대답했다.

"네, 할아버지가 늘 맛있게 드시니까요."

셰프D가 주방으로 돌아오며 나와 시선을 마주했다. 나는 테이블 가까이에 서서 그들에게 필요한 최상의 서비스를 하기 위해 대기했다. 그러나 내가 제공할 서비스는 없어 보였다. 노인과 남자애는, 둘만의 저녁을 충분히 즐기고 있었다. 빈 잔을 채우기 위해 테이블로 다가가자, 남자애가 노인에게 속삭였다.

"할아버지, 오늘 저녁 잊지 않을게요."

"맛있냐?"

"네. 늘 그리워하게 될 맛이에요."

황금빛 샴페인이 촛불에 반사되어 레스토랑 안에 또 하나의 태양이 뜬 것처럼 아른거렸다.

노인이 흠뻑 취했다. 〈1인을 위한 만찬〉에 나직이 흐르는 음악을 꺼 달라고 하더니, 자신의 십팔번 곡을 우리에게 들려주었다. '잃어버린 삼십 년'부터 '사랑은 아무나 하나'까지, 레퍼토리는 주로 트로트였다. 고급 레스토랑에 와서 일행이, 그것도 다른 사람도 아니고 가족이 이런 행동을 보이면 또래들은 분명 망신스러워하거나 외면할 텐데 노인의 손자는 박수까지 쳐 주며 간혹 추임새도 넣어 가며 도왔다. 묘한 녀석이었다.

결국 노인이 쓰러지자, 그 애는 셰프D에게 정중히 감사 인사와 사과 인사를 반복했다. 셰프D는 그런 녀석의 등을 두드려 주더니 콜택시를 불렀다.

"대로까지는 모시고 가야 하는데. 잠시만, 내가 도와줄게."

"아닙니다. 저 혼자 충분해요. 대신에 할아버지를 업을 수 있게 좀 부축해 주시겠어요?"

노인은 아이처럼 녀석의 넓은 등에 업혔다. 세상에서 제일 편하고 안락한 안식처인 양 붉게 물든 뺨을 기대고 코까지 골았다.

"정말 맛있게 잘 먹었습니다. 최고의 만찬이었습니다. 안녕히

계세요."

셰프D와 나는 두 사람을 배웅했다. 어둠이 짙게 깔린 골목길을 걸어가는 그 애의 뒷모습이 눈에, 가슴에 맺혔다. 가로등 불빛을 받으며 서서히 멀어져 가는 그 애의 뒷모습을 나는, 아주 오랫동안 마음에 담고 살 것만 같았다.

해가 중천에 떴다. 처음 있는 일이었다. 아버지가 이부자리에서 일어나지 못했다. 숙취였다. 아버지는 절대 알코올 따위에 몸을 가누지 못하는 사람이 아니었다. 새벽 4시가 넘어 집에 들어온 아버지는 내가 알던 사람이 아니었다. 거실에 들어서자마자 바닥에 그대로 고꾸라졌다. 평소처럼 내 방에 들어가 잠들어 버렸다면 보지 않아도 좋을 모습이었다. 그러나 간밤, 레스토랑에 왔던 노인과 또래 녀석의 그림이 내 침대 속까지 파고드는 통에 잠을 이루지 못했다. 아들의 새로운 도전을 응원하기 위해 샴페인 잔을 높이 들던 노인의 맞은편 자리에 내가 앉아 있다면 어떤 기분이 들까, 하는 망상에 몸을 뒤척였다. 아버지는 그 망상의 끝자락에 문을 열고 들어섰다.

거실 바닥에 아무렇게 쓰러져 있는 아버지를 외면했지만 노인을 업고 어두운 골목길을 걸어가는 누군가의 모습이 떠올라 지나칠 수 없었다.

'신동빈, 흉내라도 내고 싶은 거냐?'

아버지는 축축했다. 부축한 아버지의 몸은 흠뻑 젖어 있었다. 비가 오지 않는 새벽이었다. 취한 아버지는 푸념도 넋두리도 하지 않았다. 그저 고개를 푹 숙이고 가늘게 숨을 쉬고 있을 뿐. 안방 침대에 아버지를 눕히고 나왔을 때, 나는 현관에 놓인 아버지의 구두를 보고 미친 듯이 웃고 말았다. 인사불성이 되고도 자신의 구두는 흐트러짐 없이 반듯하게 벗어 놓았다. 오히려 아버지의 구두 곁에 놓인 내 운동화가 만취 상태인 것 같았다.

문어탕국을 끓였다. 내장을 제거하고 대파, 청양고추를 굵직하게 어슷썰었다. 나무도마에서 무를 썰 때 나는 소리가 마음에 들었다. 맺고 끊는 것이 분명한 소리였다.

문어를 삶았던 윗물을 따로 덜어 냈다. 대파와 무를 넣고 우린 육수가 완성되자 문어를 넣었다. 국간장과 굵은소금을 넣어 간을 하다 말고 서랍을 열었다. 칼칼한 것을 좋아하는 아버지의 취향을 고려해 고춧가루를 풀었다. 고춧가루 통에 손을 뻗으며 나도 모르게 실소했다. 문어탕국에 고춧가루라니……망쳤다. 레시피에서 벗어난 음식은 내 스타일이 아니었다.

엄마가 아버지와 나에게 마지막으로 남긴 식재료가 문어였다. 결혼 후, 혼자 처음으로 간 여행이 엄마의 마지막 여행이 되었다. 차가 전복되었고 엄마는 그 자리에서 목숨을 잃었다. 서른 명이 넘는 사람들이 타고 있는 관광버스였고 많은 사람들이 다쳤다. 그러나 죽은 사람은 엄마뿐이었다.

아버지는 어쩐 일로 엄마가 오는 날, 가게 문을 일찍 닫고 파인애플 한 통을 사 왔다. 파인애플을 식탁에 막 올려놓으려고 할 때 엄마의 사고를 알리는 전화를 받았다. 나는 믿을 수가 없었다. 불과 몇 시간 전에 엄마는 잔뜩 흥이 난 목소리로 나에게 전화를 했기 때문이었다.

"저녁 먹을 때쯤 도착할 거야. 엄마가 동빈이랑 아빠 먹으라고 물 좋은 문어 한 마리 사 간다. 호호, 아빠가 돈 낭비했다고 욕하겠지만 까짓것 호사 한 번 누리지, 뭐."

엄마가 지상에서 남긴 마지막 말이었다. 차가 전복된 곳은 산세가 험한 곳이었고 엄마가 산 문어는 수풀 어딘가에 나뒹굴고 있을 것이었다. 새순이 돋는 꽃나무 가지나 여린 잎이 올라오는 수풀 어딘가에서 문어는 제 집을 찾지 못해 방황하려나.

엄마도 문어 꼴이나 다름없었다. 아버지와 엄마의 시신을 수습하기 위해 강원도 어느 병원으로 달려갔다. 우리는 울지 않았다. 눈물을 흘릴 준비가 되어 있지 않았다. 갑작스럽게 맞은 엄마의 죽음을 두고 아버지와 나는 허둥댔다.

"이게 다 뭐야?"

엄마가 세상에 남긴 마지막 물건들을 건네받은 아버지는 화를 냈다. 여행 간다며 좋아서 새로 사 신은 엄마의 빨간 운동화는 감쪽같이 사라졌다. 대신에 비린내가 진동하는 문어 한 마리가 아빠의 손에 쥐어졌다. 엄마의 가방끈에 단단히 묶여 있는 검은 봉지. 놀랍게도 문어는 살아 있었다. 봉지 안에서 미세하게 꿈틀대는 문어의 움직임을 보았다. 그제야 눈물이 왈칵 쏟아졌다. 문어는 살려고 비닐 봉투 안에서 버둥대고 있었다.

"신동빈! 뚝 안 그쳐? 왜 울어!"

아버지는 문어를 바닥에 내동댕이쳤다.

"정신이 있는 여편네야! 누가 빌어먹을 문어 사러 가랬어?"

엄마의 장례식은 초라했다. 살림살이가 나아졌음에도 엄마의 장례식은 너무 초라해서 엄마의 죽음이 아무것도 아닌 게 될 것만 같았다. 아버지는 엄마의 시신을 수습하고 장례를 치르는 동안에도 가게 문을 닫지 않았다. 내가 아버지를 무섭다고, 저주하고 싶다고 느낀 것이 바로 그때였을 것이다.

아버지의 칼국수 가게에 문어를 넣은 새로운 메뉴가 생겼다. 가게에 발걸음할 때마다 나는 메뉴판을 노려보았다. 아버지를 노려볼 용기는 없었다. 메뉴판을 쳐다보면 비린내가 역하게 느껴졌다. 그리고 끝끝내 찾지 못한 엄마의 빨간 새 운동화가 종종 생각났다.

"잘 살자, 우리."

엄마의 장례를 치르고 집으로 돌아온 아버지가 나에게 건넨 말은 이것뿐이었다. 그 뒤로 매년 엄마의 제삿날에도 아버지는 가게 문을 일찍 닫는 법이 없었다. 왜 일찍 올 수 없냐고 따지는 나에게 아버지는 무심한 얼굴로 대답했다.

"죽으면 그만이다."

비명을 지를 것만 같았다. 상에 놓인 파인애플을 본 아버지가 한마디 했다.

"호사구나. 죽어서 호사야. 그렇게 좋아하던 파인애플 구경도 하고."

"죽은 사람한테 꼭 그렇게 말해야겠어요?"

목구멍에서 나오는 목소리가 부들부들 떨렸다. 떨지 않으려고 했으나 내 목소리를 조절할 만큼 나는 자라지 못했다. 엄마를 떠올릴 때면 제사상에 놓은 엄마의 사진과 파인애플 한 통이 뇌리에서 떠나지 않았다.

"밤이 늦었다."

밤은 늦고 깊고 고요했다. 늪처럼 깊은 아버지의 목소리와 함께 제사상을 치우는 아버지의 간결한 손놀림도 떠올랐다. 무엇 하나 낭비하지 않겠다는 의지가 결연한 아버지의 손놀림에 기가 질렸다.

마음이 공허할 때면 발길 닿는 대로 재래시장을 돌았다. 혼자 시장을 돌다 보면 늘 수산물 가게 앞에서 발길을 멈췄다. 몸에 익어 버린 습관이었다. 수족관에 문어가 한가로이 헤엄치고 있는 모습에 눈길이 갔다.

"뭐 사게?"

주인 남자가 살갑게 말을 걸어왔다.

"그냥요. 이것저것 보는데요."

하지만 내 시선의 끝자락에는 한 마리의 문어가 걸려 있었
다.

"문어 물 좋지? 이래 물 좋은 거 쉽지 않다. 있을 때 해라."

수족관 유리에 멍 하니 서 있는 내가 비쳤다. 유리에 비친 내
모습 위로 문어 다리가 얽혔다. 문어의 빨판이 내 뺨에 내려앉
았다. 반드시 〈드림 셰프 코리아〉에서 우승하리라. 그래서 당
당히 집을 나갈 거라는 다짐을 거듭했다.

문어를 먹기 좋게 잘랐다. 초고추장 대신 문어를 찍어 먹을
고추냉이 간장을 곁들였다. 안방으로 들어서자, 술 냄새가 진
동했다. 입 냄새와 알코올 냄새가 뒤섞여 역했다. 침대에 모로
누워 있는 아버지 앞으로 문어탕국을 내밀었다. 탁자에 쟁반
을 내려놓는데 미동조차 하지 않던 아버지가 숨을 토해 내며
중얼거렸다.

"난 네 손끝에서 네 엄마를 본다."

하지만 나는 알고 있다. 아버지는 엄마가 죽은 이후, 절대로
취하는 법이 없었다.

7. 그런데 넌, 행복하니?

"내가 그걸 해야만 하는 이유를 세 가지만 대 봐. 그럼 할게."

귀찮은 건 딱 질색이다. 초등학교 1학년 때, 화장실까지 가기 귀찮다는 이유로 교실 내 자리에서 오줌을 쌌다. 찔끔 지린 것도 아니고 시원하게 쌌다. 온전히 내 탓이라고 할 수는 없었다. 바지를 전부 내려야 용변을 볼 수 있는 멜빵바지 탓이었다. 지금 돌이켜 보면 어린 나이에 정신질환을 앓고 있었던 것은 아닌가 싶지만, 사실은 일종의 항의였다. 누군가가 버린 바지를 입을 수밖에 없는 내 현실을 향한 심통이었다고 생각한다. 멜빵바지를 전국 각지의 보육원에 버리는 사람들에게 저주의 말을 읊조리기도 했다.

"금강산도 식후경이다!"

"먹고 죽은 귀신 때깔도 조오타!"

"먹는 게 남는 거다."

얼토당토않은 대답을 댕과 이율이 번갈아 했다. 이 모든 것이 댕이의 모터 마우스 덕분이었다.

축제 때, 반마다 뭔가 하나씩 해야 하는데 하필이면 "먹는 게 남는 거다, 기왕이면 돈 버는 것으로 하자."는 의견이 나왔다. 순정만화를 많이 본 여자애들 몇몇은 외마디 비명과 함께 "축제 하면 이벤트지. 어디어디 보니까 음식 만들어서 고백도 하고, 킹카들은 음식 코너에 몰리더라." 하는 터무니없는 소리를 해 댔다. 사심이 짙은 의도가 사방에서 넘쳐흘렀다.

"그런데 음식은 누가 하지?" 대목과 "떡볶이는 굿바이 하고 싶어. 분식은 여중생에게 양보할 테야. 좀 더 스페셜한 음식을 하자."에서 반 아이들은 곤경에 빠졌다.

"걱정하지 마, 얘들아. 우리에겐 독고용이 있어."

댕이가 나를 보며 윙크했다. 항변하려고 입을 뻥긋하려는데 댕이 자리에서 일어나 입을 열었다. 그 바람에 우시장에 끌려가는 소처럼 저음으로 웅얼웅얼 잔소리를 해 대던 남자애들이 입을 닫았다.

"우리의 용용! 〈드림 셰프 코리아〉에 출연한다고! 전문가의 요리를 갖고 이번 축제 때 돈도 벌고 인기몰이도 할 수 있는 절호의 기회라니까."

댕이의 말은 반 아이들에게 엄청난 효력을 보였다. 댕이는 예뻤지만 입이 가벼웠다. 여기저기에서 벌집을 쑤셔 놓은 양 시끌벅적했다. 인상을 잔뜩 구기고 있는 내게 댕이는 이런 말도 했다.

"곧 방송국에서 널 찍으러 올지도 몰라. 축제에서 활약하는 예비 스타 셰프! 어때?"

살짝 구미가 당겼다. 나는 주목 받는 일에 익숙하지 않지만 〈드림 셰프 코리아〉의 우승 상금을 위해서라면, 댕이가 저렇게 신나하는 일이라면 한 번쯤 도전해 보는 것도 나쁘지 않겠다고 마음을 다잡았다.

교실 뒷문 쪽에 앉은 운동부 녀석들은 "난, 짜장!", "난, 카레!", "난, 우리 동네 언덕배기에 있는 기사식당의 왕돈가스!"라며 아우성쳤다. 한마디로 가지가지 진상이었다. 이 상태로 간다면 중국 당나라, 송나라, 명나라 요리는 물론이고 인도 카레, 일본 카레, 3분 카레까지 주문대로 죄다 만들어 내게 생겼다.

"용용, 이번 축제, 너 때문에 재밌을 것 같다."

댕이의 말에 내 마음에 드리워졌던 그늘이 싹 가시는 듯했다.

주사위는 던져졌다. 이율이 자리를 박차고 의자에 올라가 두 손을 번쩍 들고 외쳤다.

"왔노라, 먹었노라, 대박 났노라!"

아이들이 책상을 두드리며 웃고 야단났다. 메뉴도 정하지 않았는데 무슨 대박이 났다는 것인지 당최 알 길이 없었다.

"내, 너희들의 위와 장에게 천국을 선사하리니 너희가 보게 될 것은 천국의 증거요, 황금빛 대변일 것이로다."

율의 넉살에 모두가 어깨를 들썩이며 웃었다. 댕이와 눈이 마주쳤다. 댕이의 미소만으로도 난 배불렀다.

쉽게 축제 때 벌일 이벤트를 정했다는 반가움 때문인지, 반장은 떠드는 아이들을 진정시키며 치밀하게 계획을 짜야 한다고 고래고래 소리를 질렀다. 서울대를 목표로 사는 녀석이라 역시 달랐다. 예상과 달리, 일이 점점 커지는 기분이 들었다. 나는 댕이의 등 뒤로 가서 댕이의 어깨를 짚어 내 체중을 전부 실었다.

"너…… 행복하냐?"

"용용, 날 똑바로 봐. 너, 지금 내 표정이 어떨 거 같아?"

나를 감당하기에 댕이는 콩알만 했다. 이런 경우 댕이의 반응은 두 가지다. '무거워, 돼지야.' 이거나 말없이 업어 주는 시늉을 하는 것.

"무거워, 돼지야. 저리 비켜라."

댕의 심장 한가운데까지 남은 거리는 얼마나 될까. 댕이는 두 팔을 뒤로 해서 나를 업어 주는 시늉을 했다.

"적을 알아야 백전백승이야."

요리과학고 축제에 잠입하기로 결정했다. 정작 요리과학고로 가기로 결정했을 때는 산업스파이가 된 것처럼 심장이 뛰고 야단이었는데 직접 교문을 들어서니 아무것도 아니었다. 너무 어처구니없어서 괜히 남의 학교 교문에 머리를 쿵 박았다.

"그런다고 머리가 깨지니?"

댕이가 웃었다. 요리 전문가를 육성하는 학교이다 보니, 일반 고등학교 축제와는 사뭇 분위기가 달랐다. 호텔 뷔페나 유명 레스토랑 뺨치는 다양한 메뉴들이 즐비했다. 나는 애써 담담한 표정을 지으려고 노력했다. 댕이 내 옆구리를 쿡 찌르더니 나를 다독였다.

"너무 노력하지 마. 네 심정 다 알아."

우리는 세 무리로 나누어 돌아보기로 했다. 반장은 요리 잘하는 신붓감을 구하겠다는 이율과 팀이 되어 짜증이 머리끝까지 난 듯했다.

"반장 혈압 올라서 죽지 않을까 몰라."

"댕, 너도 여기서 요리 잘하는 신랑감 구해야 하는 거 아냐?"

"용용, 네가 내 신랑감 찾아 주게?"

나는 작게 휘파람을 불었다. 어림도 없는 소리였다. 곳곳에서 흘러나오는 맛있는 냄새에 나의 휘파람 소리가 섞여 들었다. 천천히 옮기는 발걸음이 가벼웠다. 하늘은 깨끗했고 바람은 따뜻했다. 어깨 아래에서 댕이의 작고 동그란 머리가 분주하게 움직였다. 여기저기 열심히 기웃거리는 모양이다. 나는 까만 머리카락 사이로 보이는 댕이의 하얗고 깨끗한 정수리에서 시선을 뗄 수 없었다. 하얗고 폭신한 술떡이 떠올라서 나도 모르게 씩 웃고 말았다.

어디선가 고기 굽는 냄새가 났다. 나는 입안에 침이 고이는 것을 느끼며 댕이의 새하얀 정수리를 손가락으로 콕 찍어 눌렀다. 작은 손짓이었다. 댕이가 멈춰 섰다. 전원 스위치를 눌러 작동이 중지된 인형처럼 우뚝 갑자기 멈춰 버렸다. 정면을 향한 댕의 시선이 여느 때와 달랐다.

신동빈이었다. 〈드림 셰프 코리아〉에 나와 같이 본선에 올라간 또 다른 고교생. 지난주, 첫 무대에서 만난 녀석은 강렬했다. 도구와 재료를 다루는 솜씨가 프로였다. 게다가 할아버지와 함께 간 레스토랑에서 본 녀석이 신동빈이란 사실을 뒤늦게 알고서 나는 약간은 인정할 수밖에 없었다.

신동빈을 본 댕의 표정이 예사롭지 않았다.

"왜 그래?"

본능이었다. 녀석에게서 위험 신호를 감지한 것은.

"내 안심이야."

"뭐?"

한참을 뜸 들이다가 댕이 또박또박 말했다.

"쟤, 내 안심스테이크라고."

세월이 흘러도 지워지지 않는 것들이 있다.

"네…… 첫사랑이야?"

"그런 것…… 같아."

'그래'도 아니고 '그런 것 같아' 사이의 간극은 크다. 똘망똘
망한 댕이가 말을 흐렸다는 것, 제자리에 멈춰 서 버렸다는 것.
그 사실만으로도 내가 발길을 돌릴 이유는 충분했다. 하지만
나는 발길을 돌리는 대신 질문을 던졌다.

"널 위해 안심을 굽던 애?"

댕이는 망부석처럼 제자리에 서서 신동빈을 가만히 바라보
았다. 신동빈도 그런 댕이의 시선을 느꼈는지 우리 쪽으로 고
개를 돌렸다. 운동장을 메운 수많은 인파 속에서도 댕이는 자
신의 스테이크와 자신, 둘밖에 존재하지 않는 것처럼 굴었다.
어느새 나는 투명인간이 되어 있었다.

Out of sight, Out of mind.

이 말은 미국인에게만 통용되는 것이었는지, 수년을 떨어져
있던 댕과 신동빈은 서로를 알아보았다. 댕이 한눈에 자신의
안심을 알아보았듯 신동빈도 인파 속에서 댕이를 진짜로 알아

보았을까.

나와 신동빈의 시선이 허공에서 얽혔다. 녀석이 우리를 향해 다가왔다. 아무렇지 않은 척, '염탐하러 왔어'라고 악수를 청할까, 아니면 시치미 떼고 '축제라니까 그냥 한 번 구경 왔어'라고 시크한 표정을 지을까.

"오랜만이야."

"응."

"용용과 함께 본선에 올라간 고등학생이 너일 거라곤 상상도 못했어."

녀석은 나를 스치고 댕 앞에 섰다. 둘은 악수를 하지도, 그렇다고 정답게 포옹을 하지도 않았다. 그저 서로의 얼굴을 가만히 보고만 섰다. 나는 둘의 모습을 지켜보며 내 상황이 얼마나 위태로운지 계산했다. 댕이의 심장까지 이르는 길은 아직도 멀었다. 사랑은 언제나 속도위반이 쉬운 길목에 서 있는 듯했다.

전생에 나는 핸드믹서였을 것이다. "달걀흰자를 휘핑하기 위해 고군분투하는 사내의 모습이란 얼마나 섹시한가."라고 이율이 호들갑을 떨었다. 내일로 다가온 축제 준비를 위해 이율과 두준 무리가 집으로 왔다.

"남녀관계란 말이다, 용용. 너무 편해도 못 써. 긴장을 줬어야지. 댕이랑 네가 남매지, 연인이냐? 그리고 넌 너무 튕기는 맛이 없어. 팔뚝은 뒀다가 뭐해? 이렇게 자주 보여 주라고."

일부러 민소매를 입어 달걀흰자를 휘핑할 때 불끈불끈 드러나는 강인한 팔뚝 근육을 자랑하고자 했으나, 팔이 떨어져 나갈 것처럼 저렸다. 서너 개도 아니고 벌써 몇 십 판째 달걀을 깨부수고 머랭을 만들기 위해서 죽을힘을 다하고 있다. 홈쇼핑 광고에서 봤을 때는 야산의 바위도 깨부술 것처럼 어마했던 핸드믹서는 몇 십 판째의 달걀 앞에서는 무용지물이었다.

"으아~ 이런 식으로 공부를 했으면 우리 엄마 말대로 난 하버드 대학 갔을 거야."

나와 경쟁이 붙어 팔뚝 자랑을 하던 두준이는 비명을 지르더니 주방 바닥에 그대로 뻗었다. 나도 두준이 위에 쓰러지고 싶었으나 마음만 굴뚝같을 뿐, 휘핑질은 멈출 수가 없었다. 머릿속이 복잡했다.

요리과학고 축제에서 댕은 신동빈을 만나고 나를 버려두고 가 버렸다. 남겨지는 것에 익숙했던 나는 괜찮을 거라고 확신했지만 이번에는 그동안 버려졌던 것과는 달랐다. 뒤늦게 댕이가 디저트 포장 용기를 갖고 왔다.

"안녕."

"응."

우리의 대화는 그게 끝이었다.

그날, 해가 질 무렵까지 댕이를 기다렸다. 어디냐고 전화할 수도 있었지만 나는 그러고 싶지 않았다. 댕이의 과거까지 참견하는 남자이고 싶지 않은 이유에서였다.

나는 길 잃은 똥개마냥 어슬렁거리며 이곳저곳 쏘다녔다. 달콤한 향기에 걸음을 멈췄다. 알록달록한 색깔에 마음을 빼앗겼다. 각종 스위트를 만들어 선보이는 코너였다. 머랭쿠키였다. 오지 않는 댕이를 기다리며 머랭쿠키가 만들어지는 과정을 수십 번 보았다. 얼마나 많은 개수의 머랭쿠키를 시식했는지 몰랐다. 나중에는 시식을 담당하던 애가 나를 노려보았다. 입안 가득 단물이 흘렀으나, 나는 단맛을 느끼지 못했다.

"한 가지 모양으로만 하면 재미없으니까, 여러 과일을 섞어서 팔자."

두준이가 의견을 제시했다. 나는 머랭이 싫어졌다. 축제의 한가운데에 혼자 남아 있던 내가 떠올랐고, 노을이 지도록 오지 않는 댕이를 기다리고 서 있던 순간의 심장박동 수가 기억났고, 달지 않은 머랭의 식감이 지워지지 않은 까닭이었다.

"머랭, 만들지 말자."

내 말에 아이들이 일손을 멈추고 기절하는 시늉을 했다. 머랭이 든 짤주머니가 익숙치 않은지 댕이가 결국은 짤주머니를 터트렸다. 반장은 대책 없는 안건은 받아들이지 않겠다는 듯, 유선지를 깔은 베이킹 틀에 솜씨를 뽐내며 짤주머니 속의 머랭을 돌려 모양을 만들었다. 오븐 온도를 150도에 맞춰 놓고 나니 출출했다.

"갑자기 만들기 싫다면 어쩌려고? 왜 그래?"

율이 물었다. 나는 가볍게 대답했다.

"머랭쿠키…… 좀 슬픈 맛이라서."

"또라이. 이렇게 설탕을 퍼붓는데 슬픈 맛이라니!"

"난 그럼 떡샌드위치 만들게."

댕이는 더욱 말이 없어졌다. 나야 말이 짧으니 상관없으나, 평소 쾌활한 댕이가 입을 다물고 있으니 아이들이 댕이를 흘끔흘끔 쳐다봤다.

"뭣 좀 만들어 줄까? 배도 고픈데 밥 먹고 하자."

"올~ 용, 진짜 셰프 같은데? 드림 셰프 코리아!"

두준이가 갑자기 자리에서 일어나 식탁 위의 크리스털 꽃병에서 장미 한 송이를 꺼내 내 입에 갖다 댔다. 마이크 대신이었다.

"참가 번호 17번, 독고용 선수. 아니 독고용 셰프. 우리에게 선보일 요리는 뭡니까?"

휴지 상자를 어깨에 둘러매고 카메라를 든 시늉을 한 이율이 "클로즈업 들어갑니다. 표정 관리, 표정 관리!" 외쳐 댔다. 실제 〈드림 셰프 코리아〉 오디션에 참가한 기분을 상상하며 나는 연습 삼아 실력을 발휘해 보기로 했다. 이율이 휴지 상자를 들고 과장된 포즈로 바닥을 기고 난리도 아니었다.

"오늘 밤, 여러분은 지중해보다 푸르고 카리브해보다 아름다운 미각의 바다에서 헤엄치게 될 겁니다. 독고용의 해산물봉골레!"

나는 바다가 좋았다. 아마도 나를 낳아 준 엄마도 바다를 좋아했을 것이다. 바다를 떠올리면 마냥 좋았다.

할아버지를 따라와 한 가족이 되고 나서 할아버지는 나와 함께 바다로 여행을 갔다. 기차를 타고 동해로 향하는 내내, 우리는 소소한 이야기들을 나눴다. 싸 온 떡을 나눠 먹기도 했다. 밤 기차는 평화로웠다. 어둠이 스며든 밤의 적막 사이로 누군가의 낮은 코골이가 정겨웠다. 건너편 자리에 혼자 앉아 있던 사내애에게 할아버지는 우리가 먹던 백설기를 나눠 주었다. 기차가 터널 안을 통과했다. 할아버지에게서 받아 든 백설기를 어색하게 쥐고 있던 사내애가 작게 한 입 베어 물었다. 유리창에 비친 그 애의 표정을 보면서 나는 터널 속 어둠보다 더 짙은 어둠이라고 중얼거렸다.

끝이 보이지 않는 수평선 너머가 언제나 궁금했다. 바다를 볼 때면 늘 머릿속을 헤집는 생각이 있었다.

'나는 어디까지 헤엄쳐 갈 수 있을까.'

망망대해에서는 누구든 혼자이리라.

묵묵히 머랭쿠키에 얹을 산딸기와 레몬, 키위, 파인애플 등을 가지런히 통에 넣는 댕이를 곁눈질하며 나는 프라이팬에 올리브오일을 뿌리고 양파와 마늘을 볶았다. 냉장고에서 찾아낸 각종 해산물을 넣었다. 가열된 열이 해산물의 수분과 맞닿아 요란한 소리를 냈다.

"아주 쑈를 하네."

곁에 다가온 이율이 내 귓가에 바람을 불어넣었다. 변태 같은 녀석! 나는 귀가 약했다.

"독고용, 생각보다 잘하는걸? 멋줘네."

이율의 우스꽝스런 발음에 댕이가 쿡, 웃고 말았다. 휘핑크림보다 부드러워 보이는 미소였다.

자, 이제부터 쇼 타임이다! 한 손에는 프라이팬, 또 다른 손에는 기름병을 들고 나는 프라이팬을 쥔 손에 힘을 주었다.

불꽃이 일었다. 일렁이는 불꽃 사이로 댕이의 얼굴이 보였다. 평온한 바다 같은 댕이의 눈동자가 번쩍 하고 빛났다. 모두가 자리에서 일어났다, 한목소리로 외치며.

"인생을 요리하라, 드림 셰프 독고요오오오오옹!"

축제의 아침이 밝았다. 나는 그 어느 때보다 가벼운 몸으로, 아니 가벼운 얼굴로 행사장 부스에 섰다.

"허억! 무…… 무슨 일인 거야? 용, 왜 이래?"

〈드림 셰프 코리아〉에서 촬영을 나온다고 했다. 각 출연자의 일상을 카메라에 담는다고 했다. 방송국에서 학교로 촬영을

오겠다는 통보 덕분인지, 교무실에서 문제아로 낙인찍힌 내가 교장의 덕담까지 들었다. 물론 교장은 내 손등의 문신을 보고 인상을 구겼지만 여느 때와는 달리 금방 인상을 폈다.

"보면 모르냐, 반장."

기겁하며 말까지 더듬는 반장의 질문에 율이가 면박을 줬다. 그러더니 기껏 한다는 소리가 나의 심금을 울렸다.

"독고용. 한 그릇의 파스타를 위해 그렇게나 과감히 눈썹을 날렸나 보다."

쇼 타임을 시도한 것까지는 좋았는데 지나치게 흥분한 탓에 불 조절, 와인 조절에 실패했다. 댕이의 웃는 모습에 어쩌면 신동빈의 안심스테이크는 굿바이라고 생각했는지도 몰랐다. 프라이팬에 불길이 나의 예상보다 높게 일어 눈썹 한쪽을 몽땅 앗아가 버렸다. 겨울이면 텔레비전 공익광고에서 불조심이나 화마의 재해는 당신도 피해갈 수 없습니다, 하는 소리를 귓등으로 듣지 말았어야 했나 보다. 파스타 면을 삶기도 전에 눈썹이 몽땅 타 버리는 바람에 우리 집 주방은 친구들의 비명과 바닥에 내동댕이쳐진 프라이팬에서 튄 각종 해산물로 엉망진창이 되어 버렸다. 놀란 나는 눈썹과 앞머리가 그슬린 줄도 모르고 바닥에 널브러진 홍합 조각을 넋 놓고 바라보았다. 시커먼 껍데기가 반쯤 벌어진 홍합의 속살은 겉보기와 달리 먹기 아쉬울 정도로 작았다, 마치 구겨진 내 자존심처럼.

머리가 지끈거렸다. 촬영까지 나오는데 날아가 버린 눈썹을 어떻게 해야 할지 걱정되었다.

"야! 그 눈썹 갖고 어떻게 대박을 치냐?"

반장이 열을 올렸다. 그도 그럴 것이 '18세의 천재 요리사, 독고용!', '셰프 독고용이 선물하는 Oh~ My Sweet', '깜찍하고 귀여운 쿠키로 사랑에 올인하는 당신, 이뻐!' 하나같이 유치하기 짝이 없는 문구들이었지만 내가 요리 오디션에 참가하는 것을 홍보 전면에 내세운 팸플릿이며, 손수 제작한 현수막이 우리 부스에 떡하니 자리 잡았다. 그런데 그 간판 셰프가 꽃미남이어도 부족할 마당에 눈썹이 반만 남은 인간이라면…… 암울했다. 컴퓨터로 내 사진까지 뽀샵해서 대문짝만하게 갖다 붙인 바람에 얼굴까지 팔렸다.

"독고용 얼굴이 언제부터 잘생겼다고 집착이니, 집착이! 얼굴 갖고 쿠키랑 파이 파는 거 아니니까 신경 꺼."

아무리 내가 박보검이나 박형식과 어깨를 나란히 할 수 없다 한들 반장이 나한테 이런 말을 할 처지는 아닐 텐데…….

"얘들아, 걱정 따윈 던져 놔. 독고용, 눈썹 한 쪽 갖고도 니들이 눈썹 세 쪽을 갖고 있는 것만큼의 효과를 내는 남자야."

딱! 댕이가 내 이마에 딱밤을 먹였다. 별이 반짝이는 날이다. 눈썹 한 쪽이 세 쪽과 맞먹는다고? 한 쪽이나 세 쪽이나 정상 아닌 건 마찬가지였다.

"뭐…… 뭐하는 거야, 너?"

순간 댕이가 나에게 키스하는 줄 알았다. '안 돼, 아직은 아니야!' 외치려는데 댕이의 눈이 사팔뜨기로 돌변하더니 날아간 내 한 쪽 눈썹을 눈썹연필로 그리기 시작했다. 복구 작업을 하는 것이란다. 미술 실기 점수는 나보다 못한 'C'를 받은 주제에 뭘 복구하겠다는다는 것인지.

수전증이 있는지 댕이는 자꾸만 손을 떨었다. 날 보고 호들갑 떨던 애들과 달리 냉장고를 뒤져서 얼음주머니를 만든 뒤 침착하게 내 얼굴에 갖다 댄 애가 떨다니, 당치 않았다. 피카소도 아닌데 대단한 예술을 하는 듯 댕이는 얼굴을 바싹 들이대고 내 눈썹에 온 신경을 쏟아부었다. 잔뜩 찌푸린 미간과 앙다문 입술이 그 증거였다. 호흡 또한 거칠었다. 여학생의 것이라고 하기에는 굉장히 거센 콧김이 내 눈가에 닿았다. 나는 눈을 감았다. 여자애의 콧김 때문에 두 눈을 지그시 감아 보기도 처음이었다.

"야이, 너네. 에로 비디오 찍냐? 독고, 넌 눈썹 그리면서 뭘 느낀다고 눈까지 감냐?"

내가 알던, 예전의 댕이로 돌아왔다. 떡샌드위치를 포장하던 이율이 댕이와 내 꼴을 보고 키득거렸다.

댕이가 완성한 내 눈썹은 사람의 것이 아니었다. 눈썹을 그리는 댕이의 자세는 피카소의 뺨을 후려치고도 남을 만한 것이었으나, 내 눈썹은 원래의 일자 모양과 달리 하늘로 솟구쳤다.

"야, 댕. 하늘로 비상하는 용을 그리려고 했냐?"

이율이 우리 곁으로 다가와 깐죽거렸다.

"그래, 용 그렸다. 독고용, 하늘로 승천하라고!"

댕이가 지지 않고 대들었다. 뭘 잘했다고 이러는지 모르겠다.

"독고용, 괜찮다면 내가 그려 줄게."

사양하겠다고 두 손을 들려는데 이율이 댕의 손에서 눈썹연필을 빼앗았다.

"이율! 이리 안 내? 어서 내 놔. 용용, 눈썹은 내 꺼야. 절대 안 돼!"

그래, 적어도 내 몸에서 댕이가 자기 것이라고 우기는 것이 있는 한, 댕의 심장까지 가는 길은 나쁘지 않을 것이다.

내가 어서 눈썹연필을 댕한테 주라고 율에게 눈을 찡긋하자 거친 손길로 율이 댕의 손에 눈썹연필을 건넸다. 댕이 숨을 몰아쉬었다. 자신의 형편없는 실력을 인정했는지, 눈썹 수정을 하려고 다시 내 앞에 선 댕.

"부탁해, 댕. 기왕이면 네 눈썹과 같은 모양으로 그려 줘. 커플 눈썹."

나는 또다시 눈을 감았다. 눈썹에 와 닿는 연필의 감촉이 가슴을 그 어느 때보다 펄떡이게 만들었다.

"너의 안심스테이크와 나의 눈썹 중 어느 게 마음에 들어?"

무모한 질문이었다. 또한 위험한 고백이기도 했다.

어느 개자식인지 몰라도 첫사랑은 이루어지지 않는다고 했다. 첫사랑, 처음으로 마음을 준 건데 이루어지지 않는다니, 가혹하다.

"용, 자꾸 인상 쓰면 눈썹 삐뚤어져."

살짝 실눈을 뜨고 댕을 바라보았다. 댕의 눈꼬리가 귀엽게 호선을 그리고 있었다. 가슴이 철렁 내려앉고 전두엽에서 뭔가 잘못되었다고 자꾸 신호를 보내왔다.

율이의 슬랙라인 묘기 덕분에 우리 반의 야심찬 계획은 성공리에 끝났다. 'Sweet, Oh! My Sweet'는 대성공이었다. 난 조금씩 유쾌해지고 있다. 누군가 지금 내 몸을 손가락으로 콕 찍어 맛을 본다면 달달할 것 같았다. 내 곁을 지키는 이 애들 때문이었다. 〈드림 셰프 코리아〉 덕분에 나는 무리에서 어색하지 않게 서 있을 수 있었다. 몸의 문신도, 무표정한 내 얼굴도, 산만 한 덩치도, 나를 둘러싼 그 어떤 것도 더 이상 문제되지 않았다.

"옆에서 빨아먹을 수 있을 때, 우리한테서 나오는 좋은 기 쪽쪽 빨아 드셔."

장난 같은 말 한마디에 나의 마음은 한결 가벼워진다. 웃는 것이 한없이 자연스러운 날이다.

나는 봄바람이 전하는 나른함을 온몸으로 느끼며 잔디밭에 누웠다. 오늘의 셰프라는 이름 덕분에 뒷정리는 반 친구들의 몫이었다. 학교 뒷동산에 올라가 지친 몸을 뉘었다. 풀썩, 댕이가 따라 누웠다. 멀리서 율의 알아듣기 힘든 랩이 들려왔다. 환호성 소리가 요란했다. 율이가 슬랙라인 공중 묘기를 선보였을 것이다. 모든 것이 만족스러운 오후였다.

'아, 세상에. 이렇게 행복해도 되는 걸까, 나?'

새파란 하늘에 양떼구름이 무리지어 바람에 흔들리고 있었다. 그래, 오늘까지만 저 구름처럼 바람에 흔들려 보자.

나는 두 눈을 감고 있는 댕의 입술에 입을 맞췄다. 놀란 댕의 눈이 왕방울만 해졌다.

"너, 뭐야? 지금…… 너! 나한테 말도 안 하고 키스한 거야?"

그래, 댕에게 키스했다. 말할 여유도 없었고 왜 했냐고 묻는다면 '그냥'이라는 말밖에 못 할 것이다.

"넌 키스할 때 지금 공격 들어가니까 방어 준비해라, 이러고 하냐?"

내 말에 댕이 자리에서 벌떡 일어나 앉았다. 그러더니 내 명치를 주먹으로 힘껏 내리쳤다. 억, 소리가 절로 나왔다. 하지만 명치 아래의 통증보다 키스의 달콤함이 더 강했다. 댕이의 입술은 머랭쿠키보다 달고 떡샌드위치보다 포근하고 촉촉했다.

"댕, 너 그거 알아?"

"뭘?"

사뭇 진지한 목소리로 댕에게 내가 믿고 있던 진실을 알려줬다.

"사람이 좋아하는 상대를 곁에 두고 너무 오랫동안 키스를 하지 않으면 학이 되어 날아간대."

댕의 표정이 심상치 않았다. 넋이 반쯤 나간 얼굴이었다. 누군가가 돌을 던졌는지 잔디 구석구석을 한가로이 거닐던 비둘기 떼가 후두둑, 요란스런 소리를 내며 하늘을 날았다.

'높이도 나는구나, 저 새들.'

8. 세상의 모든 눈

거울 속의 나를 본다. 오늘도 마찬가지로 부어 있었다. 내 방 테라스에는 늘 떨어지지 않게 컵라면 상자가 쌓여 있다. 한밤중에 불쑥불쑥 찾아오는 허기를 나는 참지 못했다. 잠이 깊게 들었다가도 지독한 허기에 눈을 떴다. 시간은 새벽 1시에서 2시 사이였다. 전기 포트에 물을 끓이고 있으면 아버지가 현관문을 열고 집으로 들어오는 소리가 들렸다. 아버지가 일을 마치고 들어오는 시간이었다.

베란다의 작은 테이블 앞에 앉아 창밖의 별을 보며 컵라면을 먹었다. 제조업체별로, 국물 색깔별로, 혹은 매운맛의 정도에 따라 벽 한 면을 차지하고 있는 컵라면들은 그 날, 그 날 나에게 찾아오는 허기의 종류에 따라 선택되었다. 지친 느낌이 있는 날이면 뽀얀 국물의 컵라면을, 구체적으로 설명할 수는 없지만 속이 허전한 날에는 아주 매운맛의 라면을 택했다. 컵라면이 익어 가는 3분 동안 나무젓가락을 들고 밤하늘을 바라보는 시간은 평온했다.

하지만 간밤에 내 속이 시끄러웠다. 지종달 때문이었다. 축제에서 만난 지종달은 몰라보게 달라져 있었다. 지종달은 여전히 작고 예뻤다. 내가 지종달을 몰라본 이유는 분위기 탓이었다. 활기차 보이는 지종달은 예전에 내가 알던 지종달이라고 할 수 있을까. 늘 수줍은 표정으로 볼을 붉히던 지종달이었다. 지종달의 곁에는 독고용이 있었다. 〈드림 셰프 코리아〉에서 나와 같은 고등학생 출연자. 마치 예비 조폭 같은 인상의 그 애는 지종달만 보고 있었다. 지종달은 그 애의 팔을 붙잡고 활짝 웃고 있었다. 나와 지내면서는 볼 수 없었던 미소였다.

지종달 옆의 그 애는 〈1인을 위한 만찬〉에서와는 다른 분위기였다. 뭐랄까, 좀 더 편하고 가벼워 보였다. 나는 지종달의 미소를 보았다. 시선이 갈 수밖에 없는 미소였다.

"오랜만이야."

"응."

그 애는 여전히 예뻤다. 그리고 우리는 마치 어제 봤던 사람들처럼 인사를 주고받았다.

지종달은 내 첫사랑이었다. 나는 어렸고 미숙했었다. 지종달에게 잘 보이고 싶었고 잘 해 주고 싶었다. 그러나 방법을 모르던 나이였다. 용돈을 모아서 최고로 좋은 한우 안심을 샀다. 인터넷과 요리책을 뒤졌다. 엄마가 없어서 늘 혼자 밥을 먹는다는 정보를 입수하고 나는 지종달에게 맛있는 밥상을 선물할 계획을 세웠다.

"해 주고 싶은 게 있어. 토요일에 우리 집에 올래?"

"글쎄……."

머뭇거리기는 했지만 나는 지종달이 우리 집에 올 것을 알았다. 토요일, 우리 집에 온 지종달은 귀여웠다. 평소의 차림새와는 정반대로 하고 왔다. 하얀 레이스 원피스를 입고서 빨개진 얼굴로,

"원래 안 오려고 했는데, 네가 혹시나 기다릴까 봐. 하루 종일 기다리는 거 별로거든."

중얼거렸다. 작은 소리로 중얼거리는 지종달의 음성은 봄날을 연상케 했다. 가는 나뭇가지에 앉은 작은 새. 종달의 목소리에는 떨림이 가득했다. 맹추위가 기승을 부리는 날이었다. 하지만 지종달의 레이스 원피스와 나의 가슴은 따뜻한 봄이었다.

"나한테 해 주고 싶었던 게 뭐였어?"

검은 비닐 봉투 안에 한가득 담아 온 한우 안심을 꺼내서 보여 줬다. 놀란 눈치였다.

"너한테 고기 구워 주고 싶어서……."

사랑을 고백하는 나만의 방식이었다. 초등학교를 졸업하고 중학교로 진학하는 시점이었다. 제대로 된 남자가 된다는 것은 좋은 고기를 고르고, 가족이나 좋아하는 사람을 위해 묵묵히 고기를 굽는 것과 일맥상통했다.

"쿨럭, 쿨럭! 연기가 너무 많이 나는 것 같은데 괜…… 괜찮아, 신동빈?"

"응, 조금만 기다려. 근사한 안심스테이크 해 줄게."

정육점 남자의 말을 철썩같이 믿은 내 잘못이었다. 집에 구비되어 있는 프라이팬의 문제라던가, 가스레인지 화력의 문제, 혹은 고기 굽는 내 실력이 문제라고 인정하기에는 자존심이 용납되지 않았다. 거실로 나가 있기를 권했지만 지종달은 식탁에 앉아 고기 굽는 나를 지켜보고 싶다고 했다. 그 애의 대답이 고맙기도 했고 미안하기도 했다.

"이거 쓰고 있어."

마스크 하나를 찾아 지종달에게 건네주었다. 장난스런 마스크였다. 아주 커다란 입술이 그려진 마스크였는데, 어디서 났는지 출처가 기억나지 않았다. 지종달은 마스크를 쓰고, 나는 고기를 굽느라 말이 없었다. 마스크는 지종달 얼굴의 절반 이상을 가렸다. 마스크에 가린 지종달의 입매가 궁금했다.

'나를 비웃고 있을까? 왜 불렀냐고 뾰로통해서는 입을 내밀고 있지는 않을까?'

접시에 놓은 안심스테이크는 한심함, 그 자체였다. 인터넷과 요리책을 찾아서 만든 소스도 기묘하다고밖에 표현할 길이 없는 맛이었다. 결국 소스를 포기하고 냉장고에서 찾아낸 우스터소스를 안심스테이크에 뿌렸다. 가능한 탄 부위에 우스터소스를 듬뿍 뿌렸다. 아주 오랜 시간이 흐른 뒤, 지종달은 나의 사랑을 우스터소스가 범벅이 된 형편없는 안심스테이크로 기억하지 않을까 걱정되었다.

"괜…… 괜찮아?"

부엌을 가득 메운 연기를 빼내려고 창문을 활짝 열어 놓은 상태였다. 찬바람이 들어왔다. 하필이면 바람 방향이 바뀌어 연기는 밖으로 빠져나가지 않고 집 안에 머물렀다.

작은 입을 오물거리며 안심을 천천히 씹던 지종달이 대답했다.

"응, 아주 좋아."

방송국 대기실에서 만난 독고용은 나에게 뭔가 할 말이 있는 눈치였다. 자기 딴에는 티를 안 내려고 했겠지만 초조한 기색이 그대로 드러났다. 185센티미터가 훌쩍 넘는 키와 커다란 덩치로 어슬렁거리는데 눈치를 못 채는 것이 이상한 일이었다. 나는 거울에 비친 녀석의 행동거지를 살폈다.

나는 녀석이 나에게 궁금해하는 것이 무엇인지, 어떤 질문을 할 것인지 짐작하고 있었다. 지금 댕이의 옆에 서 있는 사람이 자신이라는 것을 녀석은 모르고 있나.

축제 때 나에게 다가온 지종달을 바라보는 녀석의 눈빛은 안심스테이크를 굽던 과거의 내 눈빛과 흡사했다. 똑같은 순도와 똑같은 종류의 감정이라고 백 퍼센트 확신할 수는 없지만, 그것은 역시 사랑이었다.

수많은 조리 도구가 정리된 창고에서 지종달과 나는 이야기를 나눴다. 갑자기 전학을 가 버릴 거면서 왜 안심을 구워 줬냐는 지종달의 질문에 나는 '그냥'이라고 대답했다.

아버지는 족보를 돈으로 사서라도 양반이 되고 싶어하는 사람이었다. 시장 바닥에서 시작한 바지락칼국수를 나에게 물려 줄 수는 없다는 게 아버지의 결심이었다. 원 없이 돈을 벌기는 했으나 바지락칼국수는 아버지를 반쪽짜리 양반으로 만든 원인이었다. 좋은 쪽으로나 나쁜 쪽으로나. 프랑스 요리는 아버지에게 제대로 된 양반 족보나 다름없었다. 요리과학고 진학은 아버지의 욕망에 있어서 출발선이었다. 나는 아버지의 욕망에 따라 움직이는 꼭두각시였다는 사실을 종달에게 알리고 싶지 않았다.

우리는 어제 본 사람들처럼 대화를 나누었다. 어색할 줄 알았는데 이야기는 쉽게 풀렸고 소소한 얘기들로 웃기도 했고 가벼운 농담도 주고받았다.

"〈드림 셰프 코리아〉 결승에 독고용과 내가 올라가면 넌, 누굴 응원할 거니?"

바보 같은 질문이었다. 어리석은 질문이야, 라고 속으로 생각했지만 이미 입 밖으로 튀어나간 나의 본심은 엎질러진 물이었다. 정리된 조리 도구함을 보던 지종달이 커다란 프라이팬을 살피고 있었다. 프라이팬을 손에 들고 나를 돌아보았다. 지종달은 작고 예뻤다, 예전처럼.

"바보 같은 질문인 거 알지?"

"응."

"궁금해?"

"응."

지종달이 프라이팬으로 테니스를 치는 시늉을 했다. 힘에 버거운지 두 팔로 프라이팬을 휘둘렀다. 아주 작은 소리로 "용용은 무거운 것도 쉽게 드는데……" 하는 혼잣말을 들은 것도 같았다.

"신동빈, 그냥 다른 질문해 봐. 내가 대답할 수 있는 질문으로."

열네 살 연기 속에 앉아 있던 지종달도, 열여덟 햇살 속에 서 있는 지종달도, 언제나 상냥했다. 안심을 굽고 우스터소스를 뿌리면서 나는 수없이 속으로 연습했다.

'지종달, 나 너 좋아해.'

나는 고백하지 못했고 엉망이 된 안심스테이크를 꾸역꾸역 씹어 먹었다. 이사 간다는 소식을 전하지도 못했고 그렇게 우리는 헤어졌다.

"지종달, 그때…… 그때 말이야."

"……."

그날의 연기와 고기 탄 냄새와 부엌 창으로 몰려드는 찬바람과 후회가 밀려왔다. 그러나 도망치고 싶지 않았다. 간다는 말없이 지종달 앞에서 사라지는 짓은 한 번으로 족했다.

"그때 내가 해 준 안심스테이크, 어땠어?"

지종달이 피식 웃었다. 가벼운 웃음은 허탈해 보이기까지 했다. 프라이팬을 내려놓으며 지종달이 말했다.

"응, 좋았어."

오래전에 들었던 말이었다.

"솔직히, 솔직하게 대답해 줘."

"정말?"

"응, 진심으로."

우리는 마주보고 섰다. 한 발짝이면 가까이 다가설 수 있었지만 나는 그러지 않았다. 거리를 두고서 똑똑히 대답하는 지종달의, 지금의 모습을 보고 싶었다.

"너무 탔었어. 난 소고기는 미디움이 좋아. 넌 너무 웰던이었어."

"그래, 난 웰던이었지."

다시 축제의 무리에 스며들기 전, 지종달에게 마지막 질문을 했다.

"종달아."

"응?"

"독고용은 어때?"

애매모호한 질문이었다. 그러나 시간이 흐른 오늘에도 지종달은 나의 속내를 정확히 간파했다.

"고기를 끝내주게 잘 구워."

그래, 그러면 됐다.

녀석을 만난 건, 해가 지고 난 시각의 고기뷔페집에서였다. 독고용을 불러내기로 결심한 것은 유치하기 짝이 없는 발상 때문이었다. 누가 들으면 '과거는 과거일 뿐, 치사하게 무슨 짓이냐'라고 비아냥댈지도 모르지만 나는 자꾸만 뒤를 돌아보고 싶었다. 첫사랑이 그런 게 아닐까, 미련이 자꾸만 남는 것.

"왜 보자는 건데?"

독고용은 자리에 엉덩이를 붙이기도 전에 대놓고 물었다. 하긴, 경쟁자로 불리는 우리가 밖에서 얼굴을 마주할 필요가 없는 게 당연한 이치라고 생각했을 거다.

　"일단 먹고 싶은 거나 골라 오자."

　고기뷔페 주인은 거구의 독고용이 들어오자, 우리 테이블을 예의 주시하고 있었다. 가뜩이나 위협적인 덩치인데 민소매를 입고 온 덕분에 독고용은 사람들의 시선을 끌기에 충분했다. 근육질의 팔뚝에는 문신이 가득했다. 혐오스럽다고 하기에는 기묘한 무늬들이었다. 나의 시선을 느꼈는지 독고용이 물을 벌컥 마시더니 대답했다.

　"떡살 무늬야. 네가 뚫어져라 보는 이건, 박쥐문. 떡살에서 박쥐문은 오복을 상징하지. 오복이 뭔지는 알지?"

　"장수, 부, 건강, 덕…… 하나는 뭐였더라?"

　내가 어물거리자 독고용이 씩 웃었다. 그의 근육 움직임에 따라 날개를 활짝 편 박쥐들이 살아 움직였다.

　"잘 살고 명을 다한 후에 자연사하는 거."

　"아하, 제대로 죽는 거?"

　"뭐, 그런 셈이지."

　독고용의 몸에 새겨진 수많은 무늬들을 헤아리며 나는 녀석을 읽어 보려고 했다. 하지만 역부족이었다. 그냥 머릿속에 맴도는 생각은 단 한 가지뿐이었다.

"많이 아팠겠다."

"글쎄……."

나는 박쥐문에서 시선을 떼지 않고 말했다.

"하지만 독고, 너랑 참 잘 어울리는 그림들이야."

독고용의 얼굴에서 알 수 없는 표정이 일었다. 자리에서 일어선 독고용이 야릇한 말을 남기고 고기를 가지러 갔다.

"그 애가 너에게 반했던 이유를 조금은 알 것 같다."

이름을 말하지는 않았지만 나는 독고용이 말한 그 애가 지종달이란 것을 알았다. 나에게 반했던 지종달, 하지만 지금은?

독고용은 어쩌면 내가 자신을 불러낸 이유를 알 수도 있겠다. 독고용은 돼지고기를 좋아하는 듯했다. 나는 닭과 오리를 담았다. 뭔가 대단한 문제를 푸는 사람처럼 심각한 표정으로 고기를 종류별로 쌓아올리는 녀석을 보고 가게 주인은 살짝 긴장한 것 같았다. 아마도 속으로 우리 접시의 고기 단가를 암산하고 있는 모양이었다. 독고용과 내 접시에 고기가 쌓일수록 뷔페 주인의 미간이 우그러질 대로 우그러졌다.

자리에 앉은 우리는 본격적으로 고기를 굽기 시작했다. 불판 위에 고기 한 점을 올리자마자, 그 옛날 종달이의 목소리가 귓가에 맴돌았다.

'고기 진짜 잘 굽는다, 신동빈.'

그 어떤 의미도 부여할 수 없는 말이었다. 말 그대로 '고기를 잘 굽는다'는 사실을 가리킬 뿐이었다. 하지만 사랑은 아무것도 아닌 말에 많은 감정과 의미를 담았다. 종달이의 수줍은 목소리와 볼우물을 만들어 내며 고기를 씹는 모습은 '고기를 잘 굽는다'라는 문장에 더 많은 환상을 갖게 만들었다. 사랑은 그랬다.

"독고용, 이제 네가 구워."

나는 독고용과 카페에서 만날 수도 있었다. 패스트푸드점도 좋았고 편의점에서 간단히 사발면 하나를 먹어도 상관없었다. 그런데 왜 하필이면 고기뷔페였을까. 확인하고 싶었다. 지금 지종달 옆에 서 있는, 그 애가 응원하고 있는 이 녀석을 내 눈으로 판단하기를 원했다. 무서운 속도로 고기를 쌈에 싸 먹던 독고용이 나를 물끄러미 바라보았다. 내 속내를 들킨 것 같아 온몸이 화끈거렸지만 애써 무시했다. 독고용의 손에 집게를 쥐어 주었다.

불판 위에서 각종 고기가 익어 갔다. 손에 타이머를 달아 놓기라도 한 듯 독고용은 돼지, 소, 닭, 오리 할 것 없이 시간차를 두고 기막히게 뒤집었다. 덜 익거나 타거나 한 것 없이 알맞게 익은 고기들을 내 접시에 가지런히 올려놓았다. 속으로 감탄하고 있는데 독고용이 입을 열었다.

"진짜 잘 굽지?"

독고용이 웃었다. 잇몸까지 드러내고 활짝 웃었다. 감정을 좀

처럼 드러내지 않는 녀석이라고 생각했는데 오판이었나 보다.

"잘 구울 수밖에 없지. 사랑은 위대한 거거든."

고기 굽기와 사랑의 상관관계를 경험한 나로서는 독고용의 발언에 식은땀이 났다. 독고용의 말은 많은 것을 내포하고 있었다. 내 첫사랑은 끝났다는 것, 추억은 추억으로 놔줘야 한다는 것, 새로운 사랑이 시작되었다는 것. 기름기가 많은 부위를 씹는데도 목이 메었다.

"댕이가 그랬지. 자신의 이상형은 안심을 잘 굽는 남자라고. 드림 셰프에 출연을 결심하게 된 한 방이었지."

안도의 한숨을 내쉬기도 전에 독고용이 한 방을 날렸다.

"사랑을 위해 나는 안심을 굽고 등심을 뒤집었다. 그런데 그게 끝이 아니야. 만약을 대비해서 안심이나 등심뿐만 아니라, 온갖 육류를 잘 굽는 남자가 되기로 했지."

등심 한 점을 기름장에 찍어서 나에게 내미는 독고용을 보며 나는 문제의 복병이 나라는 것을 알 수 있었다. 나는 천천히 등심을 씹었다. 육즙이 입안을 감쌌다. 씹으면 씹을수록 단맛이 느껴졌다.

"신동빈, 어때?"

"뭐가?"

"내 고기 굽는 실력, 마음에 들어? 댕이를 포기할 수 있을 만큼 말이야."

녀석이 구운 돼지고기를 깻잎에 싸서 먹었다. 단단한 독고용의 입매에 현혹된 것인지, 아니면 돌직구로 날리는 그 애의 말에 감동한 것인지, 나는 흔들리고 있었다.

"다 알고 있었어, 내가 여기 부른 이유?"

"난 바보가 아니니까. 댕이는 몰라도 적어도 신동빈, 너는 포커페이스는 못 되니까."

내가 포커페이스가 못 된다는 말에 반문하려고 했으나 입을 다물었다. 다른 문제라면 몰라도 댕이, 지종달 문제에 있어서 나는 보이지 않게 긴장하고 흥분했을지도 모른다.

"난 댕이 좋아해, 네가 상상하는 것 이상으로. 난 너와 원수로 지내고 싶지 않아. 그건 댕이가 원치 않을 테니까. 적어도 넌 댕이의 첫사랑이야. 난 댕이의 첫사랑 추억을 망치고 싶지 않다."

독고용은 그런 녀석이었다. 제 몸에 새긴 견고한 문신만큼이나 단단한 녀석이었다. 나는 다시 예전으로 돌아갈 수 없다는 것을 깨달았다. 추억과 사랑은 흘러가면 그만인 것이다. 적어도 나에게는 적용되는 이론이었다. 지종달은 독고용의 옆에 섰고 우리의 시간은 끝났다. 나만 다시 어린애처럼 그 시간을 돌려놓으려고 안간힘을 쓸 뿐이었다.

"이제 네가 구워라. 난 테스트 다 받은 거 같으니까."

독고용의 손에서 집게를 건네받았다. 나는 난생처음으로 불판 위의 고기를 태웠다. 독고용은 그런 나를 질타하지 않았다. 대신에 묵묵히 일어나 불판을 갈았다.

고기뷔페 주인은 우리가 예상외로 적당히 먹고 일어서자, 안심하는 눈치였다. 나는 이대로 독고용과 헤어질 수 없었다. 찌질하다고 욕을 먹을지언정 독고용에게 '네 밥그릇에 내 숟가락을 다시 한 번 담겠다'고 선전포고라도 하고 싶었다. 마음은 변하는 것이 맞지만, 내 마음은 아직도 변하지 않았다고 댕이에게 고집을 부리고 싶었다.

우리는 이런저런 이야기를 나누며 다리 아래 공터로 향했다. 밤바람이 시원했다. 가로등이 켜진 다리 아래의 공터는 고즈넉했다. 편의점에 들러 산 군것질거리와 맥주 꾸러미를 풀었다. 독고용에게 맥주를 권했지만 녀석은 씩 웃더니, 콜라를 집어들었다.

풀숲에서 고양이 울음소리가 들렸다. 녀석이 몇 번 "야옹" 하고 고양이 울음소리를 흉내 냈다. 멍청한 고양이가 두어 번 응답하더니, 가로등 아래로 제 모습을 드러내고는 다시 밤의 암흑 속으로 사라졌다.

운동 기구에 걸터앉아 군것질거리를 씹었다. 독고용이 콜라 한 캔을 비우더니 소리 내서 트림을 했다. 지종달은 트림을 싫어했다. 독고용이 소리 내서 트림하는 것을 종달은 알까. 독고용의 트림 소리를 녹음해서 지종달에게 들려줄까, 하는 생각이 들었다.

"한판 어때?"

누군가 버리고 간 듯한 낡은 축구공을 녀석의 발아래로 찼다. 나는 맥주를 비우고 독고용에게 축구를 하자고 제안했다.

"음주 축구를 하자고? 사양하겠어."

"왜에? 겁나냐? 오 대 빵으로 질까 봐?"

"아니."

"그런데 왜?"

"난…… 술은 마시지 않아. 어른들이 없는 자리에서는."

어둠 속에서 독고용은 거대해 보였다. 가로등 아래에 서자, 얼굴의 음영이 또렷해지자 무서워 보이기도 했다. 두 번의 파양을 통해 결심한 것이 있다면 축구를 하지 않는 것이라고 했다.

"웃기고 있네. 너 맥주 안 마셔? 전에 레스토랑에 왔을 때 너희 할아버지랑 샴페인 마셨잖아."

계집애처럼 따지는 내 자신이 조금 우습기도 했지만 나는 지지 않고 말했다. 녀석과 땀을 흘리고 싶었다.

"신동빈, 난 파양될 원인이 될 만한 짓은 절대로 하지 않아."

아무 대답도 할 수가 없었다. 녀석의 한마디는 많은 것을 움직이게 했다. 열여덟 독고용의 과거와 삶을 이해할 수 있었으니까.

"일 대 영."

큰 소리로 외쳤다. 낡은 공은 여전히 독고용의 발아래에 있었다.

"누가 일인데?"

독고용이 물었다.

"누가 한 골 먹었으면 좋겠냐?"

녀석은 어깨를 으쓱할 뿐, 그저 웃고만 서 있었다. 나는 속으로 외쳤다. '이 대 영.' 독고용은 강적이었다. 나는 그런 강적을 만난 행운에 자꾸만 웃음이 나오려고 했다.

방송에 들어가기 전에 담당 피디가 독고용에게 심각한 낯으로 다가섰다. 심상치 않은 기운이 감돌았다. 무심한 척했지만 어느새 나는 독고용의 곁에 있었다.

"문신 때문에 곤란해. 팔을 좀 가려야겠는데."

"왜요?"

"방송 심의상 문제야."

"정확히 그 문제가 어떤 건데요?"

독고용은 과묵한 평소와 달리 피디의 말에 꼬박꼬박 따졌다. 인상을 구기자 독고용의 모습은 한층 더 위압감을 주었다.

"시청자들에게 혐오감을 주거든. 문신을 드러내 놓고 방송하는 건 불가야."

피디의 대답은 단호했다. 독고용은 '하아!' 큰 소리로 한숨인지, 비웃음인지 알 수 없는 소리를 냈다. 독고용의 지금 심정을 짐작할 수 있는 것은 소리뿐이었다. 무표정한 얼굴로는 화가 났는지, 아무렇지 않은 것인지 알 길이 없었으니까. 앞치마를 거칠게 벗는 손길로 봐서는 전자가 맞을 것이다. 바닥에 앞치마를 내동댕이치려는 찰나, 나는 독고용의 손을 붙잡았다.

"안 돼. 이렇게 나가면 끝이야."

"그래서?"

얘는 진짜 몰라서 나에게 묻는 것일까. 〈드림 셰프 코리아〉에서 독고용이 빠져 버린다면 왠지 재미없을 것 같은 기분이 들었다. 투지가 꺾인다고나 할까.

"내 눈으로 확인한 네 고기 굽는 실력은…… 제법이야. 종달이가 인정할 정도로. 이 프로그램이 끝나기 전에 다른 사람들에게도 그 실력을 보여 줘야 하지 않겠어?"

무대 뒤, 부려 놓은 세트 위에 나란히 앉았다. 피디는 멀리서 우리를 쓱 보더니 카메라 감독과 뭔가 심각하게 상의하고 있었다.

"누구의 기준일까?"

혼잣말이나 다름없는 말이었다. 그런데 그 혼잣말이 마음에 쓰여서 나도 모르게 대꾸하고 말았다.

"글쎄……."

가만히 자신의 문신을 들여다보는 독고용의 표정이 진지했다.

"사람들은 문신이 있는 애가 만드는 음식은 혐오스러운 맛이라고 믿기라도 하는 걸까?"

그럴싸한 대꾸를 하고 싶었으나 마음뿐이었다. 나는 독고용이 어떤 녀석인지 알지 못했다. 내가 아는 것은 나와 같은 고교생 출연자이자 지종달의 곁을 지키고 있는 열여덟 살짜리라는 것뿐이었다.

"알 게 뭐야. 남들이 그렇게 믿거나 말거나. 종달이는 알잖아, 네가 만든 음식 맛. 너의 할아버지랑 친구들도 알 것 아냐? 그럼 된 거지."

머릿속을 스치는 생각이 하나 있었다. 아버지는, 나의 아버지는 내가 만든 음식의 맛을 알까.

"결정했다. 고맙다, 신동빈."

독고용이 자리에서 일어섰다. 던져 놓았던 앞치마를 다시 손에 움켜쥐었다.

독고용, 녀석은 결국 졌다, 세상의 혐오란 잣대 앞에. 세상의 모든 눈이 무서워서가 아니라, 자신을 아는 눈들을 위해 이번 한 번만 져 주기로 했단다. 녀석은 팔 전체를 가리는 토시를 끼고 그것도 모자라 손등에는 파스를 붙였다. 상처도 없는 손등이 시큰거린다고 했다. 불투명 살색 파스를 물끄러미 바라보는데 녀석이 나에게 말을 건넸다.

"신동빈, 파스는 손등에 붙였는데 정작 시큰대는 건 손등이 아니라 내 마음이야."

9. 기묘한 대결

키케로는 말했다. 용감한 남자로서 살아라. 만약 운명이 그
대를 시험해도 용감한 마음으로 싸워라. 하지만 그 말은 어디
까지나 키케로한테 가능한 사항이고 나의 전쟁은, 나만의 싸
움으로 끝나지 않을 기세였다.

〈드림 셰프 코리아〉 첫 출연 후, 주위에서 난리도 아니었다.
카메라가 돌건 말건 내 조리대 앞에 서서 가스레인지 불 조절
이나 똑바로 하고 내 국그릇, 밥그릇에만 신경 쓰면 되는 줄 알
았더니 그게 전부가 아니었다. 파란 뿔테의 말이 맞았다. 〈드
림 셰프 코리아〉 경연 무대에 서는 순간, 카메라가 돌기 시작

하는 순간, 이 프로그램을 시청하는 사람들은 내가 만든 요리 뿐만 아니라 나의 이야기를 내 밥그릇, 양념통, 하다못해 재료를 손질하고 버린 쓰레기통에서라도 찾으려고 했다.

"이것 봐! 밀렸어, 밀렸어, 완전! 요리계의 미남과 야수로 불릴 만하다."

등교하자마자, 내게로 온 이율이 아침 댓바람부터 외모 지적질이다.

살면서 한 번이라도 외모 콤플렉스에 시달린 적이 있던가. 물론 없다. 영화배우가 되고자 한 적이 없으니 외모에 목을 맬 필요가 없었기 때문이다. 그런데 나도 가만히 두는 내 외모를 갖고 반 아이들이 떠들어 대기 시작했다. 나는 요리 오디션 프로그램에 나갔지, 연기자 오디션 프로그램에 나간 것이 아니라고 설명했지만 애들은 귓등으로도 안 들었다.

"독고용, 여기서 끝인가! 손 좀 써야 하지 않을까? 그래도 우리 학교가 꿀리면 기분 꿀꿀하잖아."

"이율, 네가 언제부터 애교심이 넘쳤다고 그딴 소리야?"

〈드림 셰프 코리아〉의 참가자는 다양한 직업, 나이를 가진 사람들로 가득했다. 그러나 1차 경연이 끝나면서 나와 같은 나이의 신동빈이 주목을 받았다.

저마다 스마트폰을 들고 〈드림 셰프 코리아〉 사이트에 접속해서는 본선 경쟁자들의 프로필을 살피고 댓글까지 확인하는 정성을 쏟았다. 정작 오디션에 참가한 나는 별다른 관심이 없는데 율 무리들은 나에게 큰 장애가 있는 것인 양 흥분을 감추지 않았다. 흥분은 댕이가 해야 하는데 이상하게 댕은 오디션 프로그램이 시작하고부터 별말이 없다.

"내가 독고, 이 자식 나처럼 기본은 되는 인물인 줄 알았는데 큰 오판이었어. 딸려, 완전히 딸려. 신동빈 애 봐, 조각이야, 조각. 한 치의 오차가 없네. 신동빈! 이름도 귀공자야."

지나치게 날 폄하하는 율. 녀석에게 화를 참지 못하고 녀석의 휴대전화를 빼앗았다.

"야! 요리를 얼굴로 하냐?"

큰 소리는 쳤지만 나도 시력만은 좋은지라, 댕이가 말없이 내 앞에 내민 휴대전화의 확대 화면을 통해 신동빈이란 녀석의 얼굴을 무시할 수 없음을 뼈저리게 느꼈다.

"잘생겼어…… 예나 지금이나."

〈드림 셰프 코리아〉 홈페이지에는 벌써 신동빈 파와 독고용파가 결성된 모양이었다.

홈페이지에 연계된 블로그에는 아주 난리도 아니었다. 요즘 세상 무섭다더니 딱 맞는 말이다. 블로그에는 학교 축제 때의 사진이 도배되다시피 지천으로 널려 있었다. 특히 눈썹이 반쯤 날아간 채 찡그리고 있는 내 사진에는 최다수의 댓글이 달려 있었다. 댓글 따위야 아무래도 좋다고 생각했지만 막상 댓글

	요리하는 드래곤 **독고용**	요식업계의 귀공자 **신동빈**
외모	★★★☆☆ 상남자, 그러나 지나치게 큰 덩치와 언뜻 보이는 문신이 무섭다!	★★★★★ 당장 영화배우 해도 좋을 아이돌 삘
스타일	★★★★☆ 전혀 신경 안 쓴 듯하지만 기럭지 탓에 뭘 입어도 멋지다!	★★★★☆ 집이 사는 듯, 소문에 의하면 요식업계 사장 아버지를 두고 있다고 한다. 깔끔하면서도 꾸민 듯 안 꾸민 듯 내추럴한 것이 멋
몸매	★★★★☆ 격투기 선수 느낌	★★★★☆ 귀공자 스타일
성격	★★★★☆ 인터뷰할 때 보면 건성으로 대답하는 것 같으나 의외로 개념남, 생각하지 못한 대목에서 빵 터지게 만드는 재주	★★★☆☆ 시크. 간혹 무성의해 보이기도
요리	★★★★☆ 누가 뭐라든 자기 위주의 식단을 제시하는 듯. 그런 면이 남자답다.	★★★★★ 먹기 아까울 정도로 데코가 예쁜 요리를 선보임. 역시 요리과학고 출신답다. 여자들의 선호도가 높음

을 접하자 깡그리 무시하기란 쉽지 않았다.

— 남다른 스타일이 짱이다!
— 요리에 대한 열정을 눈썹으로 불사르다.
— 독고용, 내 서방!
— 눈썹 날아감. 위생불량 음식을 만들 게 뻔하다. 너나 먹어라.
— 똥꼬, 네 요리는 개나 소나 다 만든다. 그것도 요리냐!

악성 댓글도 즐비했다. 대수롭지 않게 여기려고 했지만 나 역시 사람인지라 열 받았다. 특히 '신의 밥상'이란 아이디를 가진 녀석인지 계집애인지, 댓글이 나의 심기를 심히 불편하게 만들었다. 아무래도 한마디 해 줘야겠다고 다짐하고 댓글을 달려는데 하필이면…… 실명제로 홈페이지에 회원 가입을 해야 했다. 그래도 물러설 수 없지, 하는데 댕이가 휴대전화를 빼앗았다.

"야, 용용. 추잡스러워. 그냥 무시해. 댓글 달면 인물도 없는 게 성격도 지랄 같다고 더 생난리칠 걸. 천군만마의 안티를 거느리게 될 것이야. 오디션 최종 투표가 문자 투표인 거 몰라?"

그야말로 진퇴양난이요, 진퇴무로요, 안팎 곱사등이 굽은 것보다도 못한 꼴이었다.

"댕, 내가 연예인이냐? 난 요리 프로에 나갔을 뿐이라고. 드림 셰프!"

"띵. 똥. 하지만 네 목표, 잊지 마."

그래, 내 목표! 댕이의 환심을 사기 위해 시작했지만 일단 시작해 보니 나름의 목표도 생겼다. 돈 욕심도 물론이다. 기왕 시작한 것 '우승'까지 노리자. 남자가 칼을 뽑았으면 무는 기본이요, 이것저것 썰어 봐야 할 것 아닌가. 게다가 뭔가 목표가 생겼다는 사실에 힘이 났다. "꿈이 뭐니, 독고용?" 물을 때면 나는 "글쎄요, 별로 되고 싶은 게 없는데."가 전부였다. 꿈이란 것을 꿔 본 적이 있었던가. 보육원에 있었을 땐 열여덟 살이 영원히 오지 않는 것이 꿈이었다. 그런 내가 '요리사가 되는 것도 나쁘지 않겠어'라는 생각을 하기 시작한 것이다. 엄청난 발전이었다.

띠리링. 블로그 '요리하는 드래곤' 란에 댓글이 새롭게 올라왔다.

— 신동빈! 로맨틱하게 생겼다고 전부가 아니다. 진정한 로맨티스트는 독고용이다. 사랑하는 여자를 위해 요리하는 독고!

사실이기는 하지만 밝히고 싶지는 않았다. 아무에게도 말한 적이 없는데 인터넷에 별 얘기가 다 떠도는구나. 누가 이 사실을 발설했지? 아는 사람이라고는…… 댕? 내가 고백하지 않고

서야 댕은 모를 것이다. 눈치라고는 약에 쓰려고 해도 쓸 수 없는 애가 댕이었다. 설마, 하는 마음에 댕이를 주의깊게 관찰했지만 화학 숙제를 안 해 온 탓에 숙제를 베끼기에 여념이 없었다. 그렇담? 주위를 둘러보자 이율이 휴대전화를 들고 나를 향해 브이를 만들어 보인다. 며칠 전, 백텀블링을 시도하다가 부딪힌 광대뼈 부근이 아주 휘황찬란하다. 눈알이 빠지지 않은 것이 다행이었다.

화학 시간이 끝나고 다시 블로그를 확인한 나는 기함했다. 이토록 많은 사람들이 남의 일에 간섭하기를 좋아한다는 사실을 처음 알았다. 피만 안 튀길 뿐이지, 나는 인터넷이 미래에는 사람을 죽이는 최고의 살상무기가 될 수 있을지도 모른다는 예언해 본다.

― 독고용, 실망이다. 요리를 뭘로 아냐?

― 독고 오빠, 짱 멋져요! 사랑하는 여자를 위해 칼을 잡았다고요?

― 넌 사내도 아니다. 거기 떼라. 그깟 여자 때문에 요리사가 되는 거냐?

― 어떤 동기에서든 하고 싶은 일이 생겼다는 건 기쁜 일.

― 그 여자는 누구? 슈퍼 모델이 아니면 가만두지 않겠다!!!

참을 '인' 자 세 개면 살인도 면한다고 하지만 더 이상은 아니다.

"내가 무슨 동사무소 민원 창구도 아니고 다들 왜 이래? 이러쿵저러쿵 말들이 많냐?"

"그게 바로 대세남의 비애 아니겠어? 그런데 용용, 다음 경연 때는 어떤 요리 만들 거야?"

슈크림을 간식으로 먹던 댕이가 입가에 크림을 한가득 묻히고 물었다. 여자애가 칠칠치 못하게 허구한 날 이런다. 아무 생각 없이 댕이 입가의 크림을 손으로 쓱 문질러 주었다.

요 며칠 할아버지의 건강에 적신호가 켜졌다. 나에게 아무 말하지 않지만, 수십 년 동안 한결같았던 생활 패턴이 갑작스레 바뀌는 것을 보니 할아버지의 나이가 새삼스레 인식되었다. 자꾸 사물에 걸려 부딪히거나 넘어지는 빈도가 늘어났다. 가벼운 빈혈기라고 둘러댔지만, 할아버지의 몸에 난 멍 자국을 보면 내 가슴이 주저앉았다. 이른 새벽 가게 문을 열러 나가다가 현관 계단에서 구른 적도 있었다. 칼같이 깔끔하던 옷차림에 문제도 생겼다. 핏자국이 소매에 묻어도 모르는 눈치였다. 잦은 코피 때문이었다. 소매에 묻은 얼룩을 알려 주자, 할아버지는 말했다.

"손님들이 이제야 나보고 인간적이란다. 찔러도 피 한 방울 안 나오게 생겼는데 코피도 흘린다고. 나이는 못 속이나 보다."

대수롭지 않다는 듯 웃었지만 나는 할아버지의 눈에 서린 피곤함과 걱정, 서글픔을 읽을 수 있었다. 병원에 가자는 나에게 할아버지는 "나이 들면 체력이 젊을 때만 못하지."라는 말로 얼버무렸다. 가게 문을 조금 늦게 열고 일찍 닫는 것으로 나와 타협을 보았다.

"오래 사셨으면 좋겠어요."

밑도 끝도 없는 말이었다. 오랜만에 가게 문을 일찍 닫고 들어온 저녁상에서 밥 반찬으로 무턱대고 꺼내 놓기에 적절하지 않은 말이었다. 청양고추를 잘게 썰어 함께 볶은 멸치를 씹으며 할아버지가 한마디 툭 던졌다.

"나이 들면 원래 이곳저곳 고장 나는 법이다. 신경 쓸 거 없어. 그렇게 신경 쓰이면 고깃국이나 좀 끓이든지."

어떤 대꾸를 할까 망설이는 사이, 할아버지가 또다시 코피를 흘렸다. 할아버지는 무릎을 꿇고 물티슈를 들고 있는 내 등을 토닥였다. 나는 이미 지워지고 없는 얼룩을 지우고 또 지웠다. 카펫이 물 얼룩으로 번지는 것도 모르고서.

"사내놈이 깔끔 떨기는…… 됐다, 그만해라."

작은 핏방울이 결코 지워지지 않을 얼룩으로 다가온 날이다.

오동춘 씨의 주소를 찾아 도착한 곳은 다 쓰러져 가는 연립 주택의 반지하였다. 내일이 드디어 대망의 〈드림 셰프 코리아〉

본격적인 생방송 경쟁이었다. 그동안 녹화 방송과는 확연히 다를 것이다. 준비는커녕, 할아버지가 신경 쓰여서 가만히 있을 수가 없었다. 미래를 위해 할아버지한테 떡을 배우겠다는 동춘 씨가 소식도 없이 낮 시간에 가게로 나오지 않자, 할아버지는 나에게 집으로 찾아가 보라고 했다. 나 역시 오동춘 씨에게 부탁할 것이 있어서 군말 없이 집을 나섰다. 하필이면 내일 할아버지 진료 시간이 방송 시간과 겹친 것이다.

통로 안으로 들어서려는데 창문이 반쯤 열린 집에서 기타 소리가 들려왔다. 귀에 익은 멜로디였다. 자우림의 'Something Good'이었다.

마음속에 무겁게 가라앉은 상처를 잊은 듯 마치 좋은 일이
생길 것만 같은 날이야.

오동춘 씨가 주야장천 부르던 노래였다. 나는 기타 소리가 흘러나오는 집이 동춘 씨네 집이란 것을 짐작했다. 반지하 방임에도 불구하고 대문에는 '102호'라고 적혀 있었다.

분명 이 집을 찾아올 때 동춘 씨가 눈이 튀어나올 만큼의 궁전 같은 집에서 살지 않을 거라는 걸 확신했음에도, 낡을 대로 낡아 더 이상 낡기에도 미안스러운 동춘 씨의 집 앞에 서 있자니 몸 둘 바를 모르겠다. 칠이 다 벗겨진 연녹색 대문 앞에서 할아버지가 나에게 떠넘겼던 여린 쑥 잎을 떠올렸다. 차가운 얼음물에 담가 두었던 쑥 잎의 연한 초록 빛깔이 물에 퍼지자, 물은 온통 옅은 초록빛으로 물들었다. 이 문짝도 처음에는 여린 쑥 잎처럼 싱그러웠을 것이다.

벽의 도색은 다 벗겨졌고, 오래되어 부식된 건지 아니면 누가 부서뜨린 건지 가늠할 수 없는 회색 빛깔의 플라스틱 재질의 초인종을 눌렀다. 고장 났는지 동그란 버튼이 눌러지지 않았다. 힘을 주어 다시 한 번 눌렀지만 아무 소용이 없었다. 초인종 옆의 벽에는 동네 아이들이 낙서한 듯한 괴발개발 글씨에 쿡 코웃음을 쳤다. 아버지가 바뀔 때마다 변하는 성 때문에 이름 앞에 괄호를 그리던 어린 날의 내가 불쑥 나타났다.

바버, 똥꼬, 닥똥찜, 벼엉신

소리라도 내어 따라 읽어 볼까 하는데 문이 벌컥 열렸다.

"너, 뭐야?"

"저…… 독고용인데요."

누가 들어도 바보, 똥꼬, 닭똥집, 병신 같은 대답이었다. 문을 열고 고개를 내민 오동춘 씨는 끔찍했다. 산발인 머리는 흡사 망나니 같았고 창백한 낯빛은 유령 같았다. 반면에 황달이 있는지 눈 흰자위가 노르스름했다.

"들어와."

누가 봐도 병색이 완연한 오동춘 씨의 목소리는 의외로 단단한 느낌마저 주었다.

"저, 누군지 아세요?"

오동춘 씨는 현관문을 활짝 열어 놓은 채로 현관에 맨발로 서서 나를 쳐다보았다.

"장난하냐? 기운 없어, 헛소리 말고 들어와."

두 번째 엄마는 나에게 항상 주의를 주었다.

"문, 함부로 열어 주면 안 돼. 이 집에서 뭔가 없어지면 네 책임이야."

그녀의 말은 나를 집 지키는 개로 만들기에 충분했었다. 나는 두 번째 양부모 집에서 사는 동안, 하루에도 수십 번 현관을 들락거리며 문단속을 했다.

"심부름 왔니?"

오동춘 씨가 나에게 말을 걸며 바닥에 펼쳐 놓은 이불 속으로 기어들어 갔다.

'혼자 왔니?'

갑자기 겨울이면 광고하던 모 로커의 코코아 선전이 생각났다.

"낮에 가게로 안 나오기에 걱정돼서 왔어요."

"네가 걱정했을 리 없고 어르신이구나. 에구구."

"밥 먹었어요?"

오동춘 씨는 다 죽어 가는 염소마냥 가르릉대며 기묘한 숨

소리를 내뿜었다. 남자 혼자 사는 집에 꽃향기를 바란 것은 아니지만 땀내, 입 냄새, 지하 방의 습한 기운까지 뒤섞여 실내 공기는 그야말로 지옥이었다. 나는 홀아비의 비극은 아플 때라는 확신이 들었다. 제 몸 하나 못 가누고 끙끙대며 때에 쩐 담요를 둘둘 말고 누운 폼이, 쯧쯧쯧이었다.

"뭐하는 거냐?"

남의 집 부엌 살림살이를 뒤지는 것이 만만치 않았다. 조미료도 제대로 구비되지 않아서 음식을 할 수 있을까 의문이었다. 손잡이가 떨어져 나간 찬장을 열자, 야쿠르트 병에 가루가 들어 있었다. 나는 새끼손가락에 침을 발라, 살짝 찍어 먹어 보았다. 야쿠르트 병에 담긴 가루는 소금이었다.

오동춘 씨의 집에 오면 할아버지의 건강 상태를 의논하려고 했다. 병원에 가자고 하면 펄쩍 뛰니까 동춘 씨가 슬쩍 할아버지를 달래서 함께 가 달라고 부탁하려 했더니 오동춘 씨가 당장 죽게 생겼다. 각각의 조미료가 들어 있는 야쿠르트 병을 일렬로 세웠다.

골목길을 걸어오는 동안 찌그러진 야쿠르트 병을 찼다. 하필이면 그것이 구멍가게라고 불러도 좋을 슈퍼마켓 앞에 묶어놓은 누런 똥개의 코끝으로 날아갔다. 마른하늘에 날벼락이라고 똥개가 골목이 떠나가라 짖어 댔다. 그 바람에 슈퍼 주인 여자가 밖으로 나와 짖어 대는 개는 물론이고, 모른 척 시치미를 뗀 내게 '개, 소, 말, 돼지, 닭, 오리' 기타 등등의 집에서 도축 가능한 가축과 가금류의 새끼에 빗대며 저주의 말을 퍼부었다. 욕설에 감탄하며 뒷걸음질을 치다가 급커브를 튼 다섯 살 가량의 어린이가 모는 세발자전거에 비명횡사할 뻔했다. 동춘 씨만큼이나 정 안 드는 동네였다.

"엊그제까지만 해도 오동춘 씨 업소에서 쇼했다면서요? 갑자기 왜 아픈 건데요?"

"쇼 아니다. 진짜 아파."

나는 동춘 씨의 머리맡에 있는 기타를 발로 툭 찼다. 기타가 퉁 소리를 내며 바닥에 쓰러졌다.

"너, 이게 뭐야!"

오동춘 씨의 말에 따르면 그는 병자였다. 약물 중독자였고 심심치 않게 발작을 일으켰으며 당뇨에 고혈압, 만성위염과 역류성식도염까지 있었다. 겨울이 되면 폐렴이 찾아오기도 한다고 했다. 나는 내가 아는 병명을 한 몸에 고스란히 안고 있는 사람을 처음 봤다. 하지만 오동춘 씨는 언제나 활기차 보였다. 그는 병자이기도 했지만, 로커를 꿈꾸기도 했다. 낡은 기타 몸통에는 'Rock will never die'라고 적혀 있었다.

'록은 얼어 죽을, 당신이 당장 죽게 생겼네.'

나는 속으로 구시렁거렸다. 허물어질 듯한 벽 한쪽에 낡은 가죽점퍼가 걸려 있었다. 켜 놓은 텔레비전에서 〈드림 셰프 코리아〉광고가 나왔다. 우승 상금 3억! 당신의 미래를 요리하라! 전 국민의 요리 오디션, 전 국민이 기다리는 맛의 향연이 당신의 선택에서 시작됩니다!

"꾀병이죠?"

"넌 눈치가 빨라."

"빠를 수밖에요. 기타 치고 밖에 쏘다니는 병자가 어딨어요? 고아가 눈치 없으면 시체예요. 왜 꾀병 부리는 건데요?"

"비치를 만났어. 아니 정확히 말하자면 비치가 돌아왔지, 제 발로."

오동춘 씨에게 비치는 심심풀이 땅콩 같은 존재였나 보다. 사랑하지 않는다면서 비치가 돌아온들 어쨌다는 것인가. 그의 비치가 갖고 튀었던 돈을 돌려줬다고 했다.

"너, 당장 다음 주부터 생방송 경연이라며 여기서 이러고 있어도 돼?"

"안 되죠."

"그런데 왜 왔어?"

"아프다니까. 부탁할 것도 있고."

"뭔데?"

"일단 먹고요."

김치, 생 양파, 된장, 찐 깻잎무침, 무장아찌, 마늘장아찌, 고추장아찌. 짠지 퍼레이드를 방불케 하는 가난한 밥상 앞에서 톡 쏘는 매콤한 향내에 나는 코끝이 찡하고 머리가 띵했다. 냉장고를 뒤져서 찾아낸 반찬은 짜고 또 짠 것뿐이었다. 소금기가 가득한 인생이었다. 스테인리스 국그릇에 뜨끈한 쌀밥을 고봉으로 퍼 담았다.

"먹어요."

숟가락 가득 쌀밥을 퍼서 볼이 메어지도록 입안 가득 넣었다. 오동춘 씨도 수저를 들었다. 뜨거운 기운이 입안에, 목구멍에, 식도로, 위장으로 천천히 퍼져나갔다. 눈물이 났다. 밥 잘 먹고 왜 우냐라고 묻는다면 나는 필시 버벅거릴 것이다.

"이 쒜끼, 반찬 투정하는 거냐? 없는 살림에 뜨끈한 밥까지 맘대로 해 먹고 왜 이래?"

아무것도 아니라고, 그냥 밥이 너무 따뜻해서 눈물이 나는 것이라고 말할 수가 없었다, 목이 메어서.

"아프지 마요."

"뭐?"

"이게 뭐야? 인간적으로 반찬이 너무 없잖아요. 김치에, 짠무가 내 입에 맞겠냐고요. 한창 때인 청소년한테 이런 거 먹으라고 하면 힘이나 쓰겠어요?"

장아찌를 계속 입안으로 꾸역꾸역 넣으며 일장연설을 했다. 입가에 자글자글 주름이 지도록 입을 꾹 다물고 있던 동춘 씨가 폭발했다.

"야! 내가 네 나이 땐 굵고도 방귀만 뽕뽕 잘 뀌었다. 얼마나 힘이 좋았냐면 팬티가 똥구녕 부분만 나달나달 닳았다, 아냐? 요즘 애들은 아주 체력이나 정신력이나 몽땅 저질이야. 어디서 반찬 투정이야!"

치핵을 앓고 있는 사람이 방귀로만 팬티의 똥구녕 부분을 녹다운 시켜버렸다는 사실이 믿기지 않았지만 나는 잠자코 듣고만 있었다. 동춘 씨는 코를 훌쩍이며 젓가락을 다시 집는 나를 보더니 밥상을 뒤로 하고 부엌으로 가 버렸다. 미안한 마음에 자리에서 벌떡 일어나 동춘 씨 뒤를 따랐다.

"제가 할게요. 안 그래도 내일 오디션 나가는데 연습 삼아 뭣 좀 하죠."

"됐다니까 그러네."

"환자잖아요."

냉장고 문을 사이에 두고 실랑이를 벌이던 우리는 제자리에 얼어붙고 말았다. 힘겨루기를 하는 것도 아닌데 동춘 씨는 냉장고 문을 닫으려고, 나는 문을 열려고 난리였다. 그리고 동춘 씨나 나나 손이 미끄러져 냉장고 문이 보란 듯이 활짝 열리고 말았다.

"무슨 병자가 이렇게 힘이 세요?"

"용용, 웃기지 마. 누가 병자야? 내 살림에 손댈 생각 말고 자리에 가서 앉아."

그러더니 잠시 후, 계란프라이를 내 밥에 올려 주었다. 탱글탱글한 노른자가 터지기라도 할까 봐 노심초사하는 모양새가 낯설기도 하면서 다정했다.

"많이 먹어. 어쨌거나 이 집에 온 손님인데."

"……."

"집에서 누구랑 함께 밥상을 마주하고 앉는 거 처음이다."

오동춘 씨의 젓가락이 내 밥그릇 위로 향했다. 밥에 얌전히 놓인 계란프라이는 아마도 이 집에 있는 마지막 계란이었을 거다. 아까 반찬을 챙긴다고 냉장고를 열었을 때 열 개짜리 계란판에 마지막 자리를 차지하고 있던 계란이었다. 이렇게 서글프고 심장 떨리게 만드는 계란 노른자를 먹어 본 적이 없었다.

"왜 아픈 척 쇼한 거예요?"

"관심 받고 싶어서."

거짓말이었다. 오동춘 씨에게도 말하고 싶지 않은 비밀이 존재했다. 사람은 누구나 자신의 가슴에 비밀의 방 하나쯤은 만들어 놓는 모양이다.

"오동춘 씨, 부탁이 하나 있어요."

"뭔데?"

"내일 시간 나면 우리 할아버지 꼬셔서 병원 좀 가 주시면 안 될까요?"

"어르신 어디 편찮으셔?"

나는 명확히 대답할 수 없었다.

"그냥 나이도 드셨고, 요즘 들어 피곤해하시니까요. 나하고는 절대 안 가려고 해요. 그러니까 오동춘 씨, 가게에 올 때 살살 달래서 함께 가 줘요."

"응. 밥 먹어. 밥이 보약이다."

후루룩. 입안으로 노른자의 고소함이 퍼졌다. 진한 맛이 입안 구석구석에 잔잔한 파도처럼 밀려왔다.

카메라맨이 바싹 다가와 조리대에 놓인 접시를 클로즈업으로 잡았다.

"〈드림 셰프 코리아〉의 상남자! 고교생 독고용 군입니다. 〈드림 셰프 코리아〉 사이트에 참가자의 프로필이 올라가자마자, 소녀들의 응원을 한 몸에 받고 있는데요. 서류 심사위원들 말로는 용 군의 자기소개서가 아주 강렬했다고 합니다. 독고용 군의 요리는 자기소개서만큼 강렬하고 모두의 마음을 사로잡을 수 있을 것인가!"

요란스런 MC의 소개에 나도 모르게 피식 웃고 말았다. 하지만 곧 카메라를 의식하고 시크한 표정을 지었다. 아무래도 내 덩치가 한몫한 모양이다. 기왕 '상남자'라는 별명을 얻었으니, 소녀들의 환상을 깨는 짓은 하지 말아야겠다. 반 아이들과 댕이는 상남자가 얼어 죽었냐며 항의했지만 뭐, 대세가 그런 것을 어쩌란 말이냐.

스튜디오 안은 조명 탓에 덥고 눈이 부셨다. 방청객까지 있는 상황이라 긴장을 늦출 수가 없었다. 프로필 대신 방송국에서 찍어 간 우리 학교 축제 영상은 유튜브에서 화제가 되었다. 그들이 찍은 화면에는 눈썹이 홀랑 탄 모습이 가득했다. 자체 편집을 부탁했는데 깡그리 무시한 것이다.

― 눈썹을 불사른 열정, 요리를 향한 당신의 열정을 응원합니다!
― 눈썹 없어도 멋져요. ㅋㅋㅋ
― 독고용, 본선 무대에서 남은 눈썹 잘 보존하시길…….

반응은 다양했다. 물론 욕설도 난무했지만 나는 부정적인 댓글은 무시하기로 했다. 제대로 된 시작을 하기도 전에 패배감에 쓰러져 있고 싶지는 않았으니까. 댕이 말도 무관심보다는 이렇게 비아냥이라도 누군가 관심을 갖고 있다는 건 기적이라고 했다.

무대 밖에 설치된 스크린에 내 모습이 고스란히 비쳤다. 연습을 했지만 실전은 달랐다. 긴장을 풀지 못해 초반에는 버둥거리기 일쑤였다. 설탕과 조미료를 구분 못해서 허둥댔다.

전면에 설치된 전광판에 마감을 알리는 시각과 불이 들어왔다. 재촉하는 사회자의 멘트에 마음은 더욱 조급해졌다. 나도 모르게 욕이 나올 뻔했다. 무심코 욕이라도 했다간 '상남자' 운운하며 백만 안티가 생기는 것은 시간문제였다. 등줄기로 땀이 비 오듯 흘렀다. 온몸이 청포묵처럼 흐물거렸다. 마무리 단계에 접어들자, 안도의 한숨이 나왔다.

고기 대신 두부를 으깨고 찬밥과 잘게 썬 야채를 뭉쳐 만든 크로켓주먹밥을 달걀 모양으로 만들었다. 브로콜리와 파프리카를 새 둥지 모양으로 만들어 크로켓주먹밥을 올려놓았다. 찐 감자를 병아리 모양으로 꾸며 그 옆에 함께 두었다. 손놀림은 점점 더 빨라졌다. 계란을 풀어 지단을 부치고, 김을 굽고, 설탕과 매실 엑기스만 넣은 잔멸치볶음에 찬밥을 섞어 양념밥을 만들었다. 계란 지단, 구운 김, 양념 밥, 치즈 순으로 올려 계란 지단을 돌돌 말았다. 드디어 완성된 음식을 새하얀 사각 접시에 보기 좋게 올렸다.

김밥 모양의 계란말이밥은 혼자 집에 있을 때, 밤에 출출할 때면 내가 종종 해 먹는 음식이었다.

"1차 경연의 주제는 즐겨 먹는 요리였습니다. 이 요리에 제목을 붙인다면요?"

내게 향해 있던 카메라에 불이 들어왔다. 나는 고개를 들고 카메라의 빨간 불을 똑바로 쳐다보며 천천히 입을 열었다.

"아프지 마요."

온기 없는 집에서 혼자 해 먹을 수 있는 요리는 계란뿐이었다.

문이 부서질 것만 같았다. 급한 마음에 맨발로 달려 나갔다. 파자마 바람의 할아버지도 뒤따라 나왔다. 대문을 열자 엉망이 된 동춘 씨가 쓰러져 있었다. 오동춘 씨의 얼굴은 장동건도, 현빈도, 원빈도, 모두 비껴 간 그저 피딱지와 멍 자국이 내려앉은 끔찍한 모습이었다.

도시의 밤은 밝다. 외로울 인간 하나 없어 보이지만 모두들 길을 나서면 갈 곳이 없는, 그게 도시의 밤이었다.

"하룻밤만 편히 자고 갈게요, 어르신."

찢어진 입으로 오동춘 씨가 할아버지에게 양해를 구했다. 할아버지는 오동춘 씨에게 대답하는 대신 나에게 말했다.

"밥 끓여 줘라."

심야의 밥상에는 한계가 있었다. 더 이상 누군가에게 맞고 다니지 않으려면 근육을 키워야만 했다. 오동춘 씨는 뼈와 가죽, 그리고 입만 살아 있는 사람이었다. 냉장고에 있는 닭가슴살 통조림을 꺼냈다. 남아 있는 채소들을 챙겨 잘게 다졌다. 간이 세지 않게 양념해 닭죽을 끓였다.

말없이 닭죽을 먹던 동춘 씨가 수저질을 멈추고 나에게 시선을 주었다.

"비치가 업소에 왔었어. 남자들에게…… 개새끼들!"

밥을 먹다 말고 오동춘 씨가 울었다. 남자들에게 폭행당하고 있는 여자는 그가 늘 원망하던 비치였다.

"나쁜 년의 말로가 뒷골목에서 여럿 놈들에게 당해야 한다는 법은 없잖아?"

밤의 어둠에서 동춘 씨가 마주했을 분노와 울분, 공포를 그의 떨리는 수저질을 통해 보았다. 빚, 사채, 먹고사는 어려움 등의 말을 그는 두서없이 꺼냈다.

"헤어진 지가 언젠데 갑자기 내 생일은 왜 챙기겠다고…… 챙기려면 날짜나 제대로 기억할 것이지……."

닭죽을 꾸역꾸역 목으로 넘기면서 오동춘 씨는 웃음기 어린 혼잣말을 잊지 않았다. 잘게 썰어 넣은 채소를 오동춘 씨는 숟가락으로 살살 거둬 먹었다.

"죽 쒀서 개 주냐는데 내 인생이나 비치, 그년 인생이나 딱 그 짝이었어."

동춘 씨는 특별할 것 없는 닭죽을 싹싹 핥아먹었다.

"날이 밝으면 자수하러 갈 거야."

"자수요?"

"응, 내가 팬 놈이 죽은 거 같아. 아니면 크게 다쳤거나……."

"뭐라고요?"

오동춘 씨는 놀란 나를 대수롭지 않게 흘깃 보더니 묵묵히 제 밥그릇을 비울 뿐이었다.

"그놈의 사랑이 뭔지…… 눈 딱 감고 모른 척했으면 좋았을 걸, 무슨 부귀영화를 누리자고 끼어들었는지. 막말로 이젠 내 여편네도, 애인도, 뭣도 아닌 여잔데, 딴 놈들한테 희롱당하든 맞든 내가 무슨 상관이냐고!"

분명 혼잣말이었다. 그러나 오동춘 씨는 위로가, 위안이 필요했을 것이다. 괜찮다고, 당신의 사랑은 괜찮다고 말이다.

"다음 미션에서는 꼭 오동춘 씨한테 배웠던 당근 꽃을 써 봐야겠어요."

오동춘 씨에게 욕을 먹으며 배웠던 당근 카핑 기술을 떠올렸다. 뭉툭한 그의 손끝에서 피어났던 꽃들. 어쩌면 오동춘 씨는 버림받았다고, 혹은 버렸다고 믿었던 비치와의 사랑을 지키고 있었던 것은 아닐까.

10. 야식이 식어 가는 밤

입이 저절로 벌어졌다. 자고 나니 하루에 아침에 스타가 되었다는데 나 역시 스타는 아니었지만 자고 나니 전 국민의 엄친아 비스무리한 것이 되어 있었다. 달갑지 않은 상황이었다. 싫은 기색을 보였지만 〈드림 셰프 코리아〉의 담당 피디는 월척을 낚은 것처럼 브라보를 외쳤다. 생방송을 마치자마자, 그는 나의 기분 따위는 상관없다는 듯 대놓고 기뻐했다.

"시청률은 따 놓은 당상이야. 어디까지 찍는지 지켜보자구!"

나와 함께 고교생 도전자로 주목 받았던 독고용이 두 번 파양된 입양아란 사실이 밝혀지는 것도 모자라, 이제는 내가 국

내 굴지의 요식업계 후계자로 각본을 짜느라 야단이었다. 독고용, 그 애의 인상으로 봐서는 한 번쯤 뒤집어엎을 법도 한데 의외로 조용했다.

　방송 초반에 프로그램 관계자들은 우리 둘을 두고 캐릭터가 겹친다고 노골적으로 한 명을 아웃시켜야 되는 것 아니냐고 말들이 많았다. 복병은 시청자 문자 투표였다. 사람들의 눈에 우리는 흥미로운 십 대 정도 되었나 보다. 녀석과 나를 주인공으로 한 팬픽까지 등장했다. 모란의 말에 의하면 팬픽 내용이 다양했다. 독고용 녀석과 나를 동성애로 한데 묶는 것부터 한 여자를 두고 머리 터지게 싸우는 내용까지 다채로웠다. 〈드림 셰프 코리아〉 담당 작가도 인터넷에 돌아다니는 팬픽을 섭렵했는지 나에게 귀공자 컨셉을 제의하기도 했다. 팬픽 내용 중 하나가 나를 지구 최고의 재벌 상속자로 만들어 놨기 때문이다. 그러던 중에 아버지의 사업체는 최상의 미끼인 셈이었다.

　생방송이 시작되기 직전, 카메라를 피해 나는 녀석에게 물었다.

　"아무렇지 않은 거야? 아무렇지 않은 척하는 거야?"

　독고용은 내 질문에 대답 대신, 보기만 해도 뼈마디가 새하얗게 변하도록 칼자루를 거머쥐었다. 협찬사 중 하나인 독일의 유명 칼 회사의 제품이었다. 사회자가 경연 시작을 알리는 멘트를 했고 카메라가 우리 두 사람을 클로즈업했다. 카메라의 붉은 불빛에 두 눈을 고정시켰다. 세상으로 내 얼굴이 나가고 있을 것이다. 이어 사회자의 멘트가 쏟아졌다. 요식업계의 미다스가 된 아버지를 소개하고 그의 하나밖에 없는 아들이 바로 여기, 〈드림 셰프 코리아〉에 비밀리에 참가하고 있다고. 환호성을 지르는 방청객 무리 중에 정지찬의 얼굴이 보였다. 플래카드까지 손수 제작해서 들고 온 녀석의 정성이 오늘은 달갑지 않았다.

"신동! 아니, 신동빈 도련님. 이 자식, 어쩐지 전에 너희 집 갔을 때 화장실이 축구장만 하다 했지. 이순신 장군은 적에게 나의 죽음을 알리지 말라 하셨지만 신동빈 넌, 진즉에 너의 아버지를 만천하에 알렸어야지. 이 어리석은 남자야."

인터넷에 내 신상정보가 털리던 날 아침부터 지찬이는 신이 나서 호들갑을 떨었다. 나에게 도련님, 도련님 하면서 한우를 쏘라고 난리였다. 다른 건 안 되고 양평 개군 한우만 상대하겠다고 야단이었다. 녀석의 말로는 인터넷 검색창에 '드림 셰프 코리아 상속자', '드림 셰프 코리아 신동빈', '요식업계 후계자 신동빈' 등의 말도 안 되는 소리로 상위에 링크되었다는 것이었다. 사람들의 관심을 받았으니 결승까지는 탄탄대로라고 녀석은 흥분했다.

방송을 마치고 무대 밖으로 내려오자, 지찬이가 나를 반겼다. 나는 기진맥진이었다.

"관심 받는 기분 어때?"

정지찬의 입에서 관심이란 단어가 나왔을 때, 내 기분은 엉망이었다. 똥 구덩이에 나뒹구는 심정이었다. '관심 받고 싶다고?' 내가 받고 싶은 관심은 이런 종류가 아니었다.

그동안 나에 대해 그 어떤 관심도 없던 아버지는 의미심장하게 "우승하면 가게며 레스토랑 홍보 효과가 엄청나겠군."이라고 한마디 하더니, 다음 날 바로 〈드림 셰프 코리아〉에 주방 용품 일체를 협찬하겠다고 했다. 〈드림 셰프 코리아〉에서는 또 다른 이야깃거리의 탄생이라고 신이 난 모양이지만 나에게는 최악의 상황이었다.

프로그램 제작사 측에서는 한 주 걸러 계속 출연자들의 출생의 비밀이 밝혀지자 축제 분위기였다. 지난주에는 중년의 남자 참가자가 과거, 대한민국 건국이래 최고의 영재로 주목 받던 사람이었다는 것이 드러났다. 출생의 비밀은 드라마뿐만 아니라, 이런 오디션 프로그램에도 여실히 적용된다는 사실에 놀랄 따름이었다. 실제로 시청률은 동시간대 1위는 물론, 예능 프로그램 중 역대 최고를 찍었다. 배가 산으로, 들로, 진흙탕으로 걷잡을 수 없이 내달렸다. 요리 오디션이라는 프로그램의 취지는 어디론가 증발해 버리고 싸구려 가십 프로그램으로 전락한 느낌이었다.

누군가는 트위터를 통해 나를 두고 드라마 대사를 패러디해

서 삼신할머니의 랜덤으로 금수저를 입에 물고 다이아 밥그릇
에 밥을 먹으며 황금 변기에 똥을 싸느냐고 물었다. 대답할 가
치조차 없었다. 왜 사람들은 경제적으로 풍족하면 모든 것에
만족을 느끼고 행복할 것이라고 확신하는 것일까. 그래, 나는
객관적으로 행복할지 모르겠으나 주관적으로 불행했다. 백 번
소리친다고 한들 그 누가 나의 마음에 고개를 끄덕여 줄까. 의
문이다.

"신동, 너희 아버지가 협찬했으니, 우승은 맡아 놓은 거 아니
야? 실력이 뭐가 필요 있어. 이미 다 짜 놓은 시놉인데."

홍규다. 늘 배배 꼬인 말만 하는 놈. 학교에 입학하면서부터
계속 나를 가만두지 않는 인간. 다른 날 같으면 웃어 넘기겠지
만 오늘은 참기 힘들었다. 학교에서는 경연이 벌어질 때마다
방청석에 동급생들을 동원했다.

"시놉이 어딨어? 공개 오디션에다 서바이벌 프로그램인데."

모란이가 나섰다. 나는 애써 모른 척했다.

"서바이벌 좋아하시네. 하긴 서바이벌은 서바이벌이다, 돈
많은 놈이 결국 우승하는 서바이벌. 신동빈, 좋겠스. 돈으로
뭐든 다 살 수 있는 아버지도 있고."

"너, 이 자식!"

속도 모르면서 보이는 걸로 남을 판단하는 것, 절대 못 참는
다. 사람에게는 저마다의 사정이라는 것이 있다. 객관적인 기

준에 따라 마음대로 평가해서는 안 될 일이었다. 적어도 나는 그렇게 믿고 있다. 누군가에게는 따뜻한 밥상보다 돈이 필요하고, 누군가에게는 황금을 팔아서라도 찬밥을 놓고 마주 앉아 웃을 수 있는 상대가 필요한 법이다. 고독을 껌처럼 즐기는 사람이 있는가 하면 고독 때문에 죽을 것 같은 사람도 있는 것이다.

몸을 날리려는데 커다란 산이 내 앞을 가로막았다. 독고용이었다. 하마터면 독고용, 녀석을 가격할 뻔했다. 휘청거리며 몸을 추스르는데 독고용의 목소리가 들렸다.

"돈으로 사면 안 돼? 그러면 안 되는 거야?"

홍규가 독고용을 쏘아보았다. 둘은 꿈쩍도 하지 않았다. 아이들은 흥미롭다는 듯 주위를 에워쌌다. 오디션 시작하고 녀석과 제대로 된 대화를 나눠 본 적이 있었던가. 늘 과묵하고 무표정한 녀석이었다. 홍규가 독고용을 찬찬히 보더니 얼굴색이 어두워졌다. 큰 키와 덩치도 만만치 않았지만, 녀석의 팔에 드러난 문신에 겁먹었을 것이다. 피디는 방송 규정 운운하면서 독고용에게 문신을 가리게 했다. 못마땅한 기색이 역력했지만 녀석은 팔을 가렸다. 손등까지 내려온 문신은 살색 파스를 붙여서 흔적을 지웠다. 방송이 끝나면 독고용은 손등의 파스를 잡아채듯 뜯었다. 알레르기 반응이 있는지 파스를 뜯은 자리는 늘 벌겋게 부풀었다.

"네 일 아니잖아, 네 꿈이 아니라고. 신동빈이 돈으로 사든, 실력으로 이루든, 넌 애 꿈에 대해 이러쿵저러쿵 떠들 자격 없어. 남자답지 못하게 남의 꿈을 비아냥대는 추잡한 짓은 삼가는 게 좋지 않을까. 적어도 목표를 이루기 위해 애를 쓰는 반친구, 아니 한 반에서 숨 쉬는 동급생을 위해서 말이야."

"브라보, 나이스!"

지찬이가 박수를 치며 추임새를 넣었다. 방금 전의 불쾌함은 사라지고 독고용이 만들어 낸 이 향기로운 상황에 자꾸만 코끝이 실룩거렸다. 홍규가 나를 째려보았다.

"그러고 보니 니들, 정말 그렇고 그런 사이 아니야? 팬픽에 보면 아주 찐하던데?"

내 안에 커다란 북을 심어 놓은 것마냥 가슴속에서 북이 울렸다.

"아니. 난 여자가 좋아. 그리고 그 여자를 꼬시려고 여기 나오기로 결심한 건강한 남자야."

독고용의 대답에 우리를 지켜보던 방청석의 몇몇 여자들이 "어머, 어머!" 탄성을 질렀다.

"신동빈을 사랑하지는 않아. 하지만 신동빈의 꿈, 응원하고 있어."

응원하고 있단다. 으하하하하, 미친 사람마냥 웃었다. 무대를 정리하던 스태프 몇이 우리 쪽을 돌아봤다. 아랑곳하지 않고 나는 바닥에 주저앉아 웃어 댔다. 누군가의 응원을 받고 있다니, 천군만마가 따로 없었다. 그것도 하필이면 경쟁 상대, 독고용이다.

"그만해, 신동."

정지찬이 독고용의 표정을 보더니 슬쩍 겁먹은 모양이었다. 언제나 움직임이 없던 독고용의 얼굴이 미풍에 흔들리는 여린 잎새 마냥 움찔거렸다. 그러나 곧 늘 그랬듯이 무표정한 얼굴로 돌아왔다.

우리는 아무런 친분도 없고 서로를 이해할 만한 대화도 없었다. 오직 우승을 위해 카메라 앞에 섰고 요리를 했다.

"네 꿈을 돈으로 사든지, 말든지 그건 내가 알 바 아니지만 확실히 신동빈, 네 요리는 돈 주고 사 먹을 만해."

철거된 무대 세트를 지나 독고용이 어둠 속으로 사라졌다.

"저 자식, 진짜 남잔데?"

지찬이 들고온 플래카드를 돌돌 말며 중얼거렸다.

독고용이 두 번의 경선에서 무엇을 만들었는지도 몰랐다. 하지만 녀석은 나를 응원한다고 했다. 그것이 진심이든, 그저 입에 발린 말이든 중요하지 않았다. 나는 녀석이 조금씩 마음에 들었다.

나름 유명한 곳이라며 셰프D가 나에게 권한 음식점은 바다가 보이는, 허름한 식당이었다. 제자를 응원하기 위해 맛난 것을 먹이겠다며 데려왔지만, 셰프D의 분위기가 심상치 않았다. 최근에 셰프D는 미친 듯이 어디론가 돌아다니는 일이 빈번했다.

셰프D는 종종 조수미의 '아리랑'을 들었다. 혼자 있을 때만 들었다. 그러다 누군가가 〈1인을 위한 만찬〉에 들어서면 얼른 오디오를 끄거나 다른 음악으로 바꿨다. 마리안에게 묻자, 약간 곤란한 낯으로 알려 주었다.

"엄마 생각나서 그래."

"엄마요?"

"응, 진짜 엄마. D는 진짜 엄마 찾아서 여기 온 거야."

나도 엄마 생각이 났다. 입양아인 셰프D가 프랑스에서 출세하고도 자신의 부와 명예를 한순간에 놓을 수 있었던 이유가 '진짜 엄마' 때문이었다니! 내 마음에서 소용돌이가 휘몰아쳤다. 간혹 영상통화를 하는 셰프D의 모습을 보면 그가 친모를 그리워하고 있다는 것은 상상할 수 없었다. 금발의 프랑스 친모는 셰프D에게 더할 나위 없이 다정했고 애정이 가득했다. 마리안은 그런 그녀를 두고 "다음 생에서는 아마도 D의 친모가 될 거야, 아니면 애인이 되든지."라며 웃었다. 셰프D의 양어머니는 전화를 끊기 전에 항상 그에게 같은 말을 물었다.

"뭐 먹고 싶은 거 없니?"

그러면 셰프D는 항상 같은 대답을 했다.

"Non, Maman."

나는 어리광을 부리고 싶으면 늘 "먹고 싶은 게 있는데······." 라며 엄마를 바라보았다. 본능이었다. 엄마는 늘 "그래."라고 대답했다. 가게 일 때문에 '곤란해'라든가 '바빠'라는 대답은 엄마에게 존재하지 않았다. 어린 시절, 나를 떼어 놓았다는 죄책감 때문이었을까.

〈바닷가 작은 집〉은 우중충한 분위기는 둘째치고라도 간판에 적힌 글귀가 혀를 차게 만들었다.

맛은 멋이다!

맛과 멋에게 어떤 일이 벌어진 것일까? 둘은 무슨 사이지? 나는 둘 사이를 전혀 알 길이 없으나 맛과 멋의 확실한 차이는 글자 '한끝 차이'다. 'ㅏ'와 'ㅓ' 사이의 미묘한 닮음.

"〈바닷가 작은 집〉? 진짜 작은 집이네요."

오래된 작은 단독 주택을 개조해 만든 음식점의 이름은 〈바닷가 작은 집〉이었다. 초록색 대문을 밀고 들어서자, 작은 마당이 눈길을 끌었다. 주인이 손수 가꿨을 온갖 채소들이 텃밭을 차지하고 있었다. 평상 옆에는 꼬마가 타고 놀 법한 목마가 있었다. 오랜 시간 햇살 아래 방치해 놨는지 빛깔이 바래져 있었다.

점심시간이 제법 지났는데도 앉을 자리가 없었다. 셰프D는 멀미에 시달린 사람처럼 갑자기 백지장 같은 얼굴을 하고서는 휘청거렸다.

'뭐지?'

나는 셰프D를 툭 밀어 빛바랜 노란 장판이 깔린 평상에 앉혔다. 셰프D는 비틀거리더니 금세 긴장한 표정이 되고 말았다.

"여기 매상이 〈1인을 위한 만찬〉보다 훨씬 낫겠네요."

피곤했다. 더군다나 일주일 뒤에 있을 오디션 때문에 골치가 아픈 나는 투덜거리며 위안을 삼고자 했다.

나는 셰프D가 나를 이곳에 데리고 온 저의가 궁금했다. 말로는 제자를 응원하는 것이라고 했지만, 이 허름한 곳에 오는 동안 그는 초조해 보였고 음식점에 들어서자 당장에라도 쓰러질 사람처럼 흔들리고 있었다.

오디션에 그다지 관심을 갖고 있지도 않았으면서 이곳에 나를 데려와 안절부절못하는 꼴이라니. 똥 마려운 강아지가 따로 없었다.

솔직히 셰프D는 나에게 살짝 고맙기도 했을 것이다. 프로그램 사전 인터뷰에서 나는 셰프D의 사연을 언급했다. 친모를 찾는 프랑스에서 날아온 셰프의 이야기. 나의 오지랖 없이도 셰프D는 충분히 친모를 찾겠지만, 지찬이의 조언대로 나는 내 자신을 이미지 메이킹하기로 했다. 대한민국의 입양 문제에 대해 의식 있는 젊은이 상으로 말이다. 그러면서 대한민국의 모든 사람들이 사랑하는 사람을 위해 밥을 짓고 소박한 반찬을 만드는, 따뜻한 밥상을 마주할 수 있었으면 하는 바람을 이야기했다. 아무래도 사기꾼 기질이 농후한지 MC가 마이크를 대자, 누군가 내게 들어와 말하는 것처럼 자연스레 떠들어 댔다. 하지만 따뜻한 밥상, 그것은 오랜 나의 바람일 뿐 잊혀진 지 오래된 이야기였다.

정지찬의 계산대로 방송 후에 나는 '의식 있는 젊은이', '개념 충만 열여덟'로 급부상했다. 〈드림 셰프 코리아〉 홈페이지를 뜨겁게 장식하고 있는 젊은이, 신동빈이 바로 나였다. 다시 태어난다는 것은 이런 기분일까. 발을 땅에 대고 있으면서도 허공에 붕 떠 있는 기분이 나쁘지 않았다.

"어서 와요."

촌부였다. 보랏빛 플라스틱 슬리퍼에 푸른색 고쟁이를 입은 여자가 우리를 바다가 보이는 방 안으로 안내했다. 셰프D는 누렇게 변색된 메뉴판을 들고 울 것 같은 표정을 지었다. 모서리가 낡아 찢겨진 메뉴판을 가만가만 쓰다듬었다.

"뭐 드실지 정했소?"

다시 그 촌부였다. 나는 아직 메뉴를 정하지 못하고 있었다. 셰프D는 메뉴판만 만지작거릴 뿐, 뭘 먹을지 묻는 촌부와 시선도 마주치지 못했다.

"먹고 싶은 게 없소?"

촌부의 말에 셰프D가 메뉴판에서 시선을 들었다. 그리고 촌부를 찬찬히 바라보았다. 나는 뭔가가 있음을 직감했다. 그는 촌부의 일거수일투족을 오래도록 봐 온 사람처럼 굴었다.

〈바닷가 작은 집〉의 주 메뉴는 해물칼국수와 해물파전이었다. 국물 맛이 깊은 집이었다. 하루아침에 흉내 내어 만들 수 있는 맛이 아니었다. 나는 바닥이 드러나도록 국물을 떠먹었다.

"셰프, 입맛에 안 맞아요? 맛집이라고 데려와 놓고선 뭐예요?"

셰프D는 해물칼국수의 국물을 한 숟갈 떠먹더니 아까부터 창밖의 바다만 바라보았다. 마지막 국물 한 숟갈을 떠먹으며 육수에 들어간 재료를 유추하는데 셰프D가 입을 열었다.

"엄마…… 보고 싶다."

많은 의미가 담긴 말이었다.

"동빈, 한국 엄마들은 어때?"

"흠, 글쎄요. 걱정도 많고 잔소리도 많고 잘하면 칭찬하고 못하면 혼내고."

"똑같구나, 엄마들은."

어디선가 아리랑 가락이 들려오는 듯했다. 칼국수 면발이

통통 불은 셰프D의 그릇을 물끄러미 보았다.

나는 위로의 말을 모르는 열여덟이었다.

"마리안이랑 오지 그랬어요?"

셰프D가 바다를 보는 눈길을 거둬 나를 보며 웃었다. 아주 여리고 흐린 미소였다.

"마리안이랑 왔으면 틀림없이 울었을 거야."

나는 깻잎을 극복하지 못했다. 깻잎의 향을 참지 못한다. 어느 음식에 넣어도 깻잎은 제 향을 잃지 않는다. 여린 잎이 어쩜 그렇게 강한 향을 뿜어 낼까, 소름이 끼친다. 무수한 쌈 채소 중에서 나라고, 나 여기 있다고 발악하는 것 같아서 싫었다.

"넌 깻잎 좋아해?"

〈앤조이 샌디〉의 메뉴 중에는 종종 내가 이해할 수 없는 것들이 있었다. 지금 독고용이 먹는 스파이스 포크 샌드위치가 그랬다. 빵에 돼지고기 삼겹살도 웃겼지만, 일반 샌드위치에 들어가는 양상추 대신 깻잎은 어떻게 이해해야 할지 모르겠다. 기막히다는 표정을 지으면 샌디 사장은 '세상은 넓고 입맛은 다양하니까'라는 말로 설명했다. 요 며칠 얼굴을 보이지 않던 샌디 사장은 핼쑥한 얼굴로 복귀했다. 샌디 사장은 이제 미국 동부식 샌드위치를 먹고 싶다면 비행기를 타고 미국으로 가라고 했다. 개인사 때문에 〈엔조이 샌디〉를 접는다고 전했다. 다른 때 같으면 인사치레라도 무슨 일 있는 거냐고 물었겠지만 지금은 독고용과 내 문제로도 머리가 복잡했다. 〈드림 셰프 코리아〉에 출연할 결심을 했을 때만 해도 세상 모든 사람들이 우리들의 개인사, 독고용과 나의 개인사에 이토록 호기심을 가질 줄 몰랐다. 우리들이 만들어 내는 요리보다 우리들의 비밀스러운 개인사에 사람들은 더 뜨겁게 반응했다.

"괜찮냐, 넌?"

"뭐가?"

"세상 만천하에…… 다 알게 되었잖아."

"까발려진 게 어때서? 파양 사실이 거짓말도 아닌데."

내 앞에 무심한 얼굴로 앉아 있는 이 단단한 녀석의 껍질을 벗겨내고 싶었다. 그러나 껍질을 벗겨낸다고 한들, 독고용은 더 단단한 속살을 갖고 있을 것만 같아 나는 그것이 부러웠다.

레스토랑 〈1인을 위한 만찬〉에 도착한 시각은 자정이 가까워진 무렵이었다. 전에 없던 셰프D의 호출이었다. 파이널 무대를 앞두고 나에게 최고의 비법을 전수하려나 싶었다.

도착한 지 얼마 되지도 않았는데 집에서 호출이 왔다. 아버지였다. 최근 들어 아버지의 귀가 시간이 빨라졌다. 일찍 들어와 봤자, 각자 방으로 들어가 동이 틀 때까지 우리는 각자의 방에서 나오지 않았다.

"일찍 다녀라, 밤길 위험하니까."

나에게 말을 건네던 아버지의 눈을 보고 사슴 같다고 생각했던 내가 미쳤다. 내 눈이 멀어 가는 게 분명했다.

나에게 무관심하더니 근래 들어서 진짜 아버지 노릇을 하기로 작정했는지 나의 귀가 시간에 촉각을 곤두세우며 내 동선을 체크하는 아버지였다. 아버지의 관심이 부담으로 다가왔다. 방으로 들어가기 전, 나를 잠깐 바라보는 시선도 껄끄러웠다. 늦은 시간 밖에 나가야겠냐고 못마땅한 시선을 보낸 아버지가 떠오르지만 오늘은 셰프D의 곁에 밤새도록 있어 주고 싶은 마음이었다.

"동빈아, 우리 엄마 어땠니? 첫인상 말이야."

'우리 엄마'라는 소리에 눈이 번쩍 뜨였다.

"엄마요? 누구……."

셰프D의 엄마를 본 적이 없다. 물론 프랑스에 있는 금발의 양모를 본 것이냐 묻는 것이라면 봤다고 해야 할 것이다. 레스토랑에 있는 사진과 영상통화하는 모습을 본 적이 있으니까. 하지만 그가 입 밖에 낸 '우리 엄마'가 담고 있는 뉘앙스는 프랑스 엄마가 아니라 한국인 친모였다.

"〈바닷가 작은 집〉 갔었잖아. 그 집 주인이 내 친모야."

처음 〈바닷가 작은 집〉을 방문했을 때를 가만히 떠올렸다.

촌부의 모습이 오버랩 되었다. 얼굴은 기억나지 않고 보랏빛 플라스틱 슬리퍼와 파란색 고쟁이만 머릿속에 동동 떠다녔다. 그리고 무엇이 먹고 싶냐고 묻던 상냥한 목소리가 귓가에 맴돌았다.

"탄산수 같은 청량감이 느껴지는 목소리였어요."

"그래, 탄산수. 내가 스파클링 워터를 좋아하게 된 게, 다 엄마 때문인가 보다. 함께 살지는 못했어도 나는…… 난…… 뱃속에서부터 엄마의 목소리가…… 동빈이 네 말대로 탄산수 같다는 것을 어쩌면 잊지 않고 있었는지도 몰라."

"셰프."

"크흠. 응?"

"울 줄도 알아요?"

잠깐의 침묵이 그와 나 사이에 흘렀다.

"마리안, 지금 여기 없는데……."

셰프D가 방금 눈물을 훔쳤던 손등으로 내 팔을 툭툭 쳤다. 나는 고개를 돌려 그를 쳐다보았다. 마리안이 곁에 있어야만 울 수 있다는 셰프D. 그는 기묘하기 짝이 없는 미소를 지었다. 분명 입은 최대한 웃고 있는데 눈물 그렁한 눈은 울고 있었다. 울다가 웃으면 신체 부위 어디에 필요 이상의 털이 무성하게 자란다지만, 지금의 상황에서 그깟 털이 무슨 대수랴!

"신동빈. 나, 웃을 줄도 알아."

셰프D답다. 끝까지 유치한 유머를 잃지 않으려는 저 고집스러움이라니. 오늘 같은 날은 웃지 않아도, 웃을 줄 안다는 것을 굳이 알려 줄 필요 없는데…… 나는 셰프D의 손을 잡았다. 신의 손이라 여겼던 그의 손은 나와 똑같이 피가 흐르고 온기가 도는 보통 손이었다.

손님이 가고 없는 〈1인을 위한 만찬〉에서 해물칼국수를 해 먹기로 했다. 〈바닷가 작은 집〉에서의 기억을 천천히 떠올렸다.

레시피가 없어도 혀끝으로, 가슴으로 기억하는 음식이 있다. 인심 좋게 퍼 주던 국물이나 해물파전의 온기가, 그 날의 기억이 손끝에 전해졌다.

석고상마냥 셰프D는 의자에 앉아 꼼짝도 않는다. 처음으로 〈1인을 위한 만찬〉에서 셰프D는 손님이 되었다. 나는 손님을 맞을 때처럼 잔잔한 음악을 틀고 앞치마를 둘렀다. 냄비에 물을 붓고 육수를 우릴 준비를 했다.

멀리서 바닷내음이 밀려왔다. 비릿하면서도 막힌 숨을 탁 터트려 놓는 시원함이 온몸을 물들였다. 지금 거울을 본다면 온몸이 파랗게 물들어 있지는 않을까. 촌부가 입고 있던 고쟁이의 푸른빛이 내 속으로 밀려들어 올 것만 같았다.

"먹어요. 다음부터는 이 시간에 나 부르려면 오디션 우승 비법을 알려 주든지, 아니면 비싼 요리 맛보게 해 줘요."

셰프D의 손에 강제로 수저를 들려 줬다. 떠먹는 것은 온전히 그의 몫이다. 나는 수저를 들어 내 몫의 국물을 떠먹었다.

'맛있는 것일수록, 소중한 것일수록 아껴 둬.'

엄마의 마지막 말이 바다의 부표처럼 떠오른 것은 왜일까. 나는 천천히 국물을 삼켰다. 불현듯 엄마가 말한 맛있는 것이 단지 입안에 퍼지는 단맛만을 뜻하는 것이 아닐지도 모른다는 생각이 들었다. 음식을 하면서 얽히고설킨 모든 감정과 모습들이 한 그릇 안에 들어 있었다.

국물은 깊은 맛과 달달한 감칠맛을 지니고 있었다. 침묵을 지킨 채 국수 한 그릇을 다 비운 셰프D가 입을 열었다.

"동빈아, 나는 앞으로 도저히…… 바다에 갈 수 없을 것 같아."

세상에서 가장 쓸쓸한 국물이었다고 나는 생각했다. 이 별것도 아닌 국물 앞에서 그는 열심히도 울었다.

'난 앞으로 두 번 다시 이건 못 만들 것 같아.'

눈물을 뽑아내는 음식은 좋은 음식이 아니다. 적어도 내게는 그랬다. 두 번 다시 식어 가는 야식 따위는 만들지 않겠다고 결심했다. 셰프D는 끝끝내 또다시 해물국수 그릇을 비우지 못했다.

11. 계획에도 없던 메뉴

음식과 심신은 하나다. 요리사의 마음이 즐거울 때 우리는 최상의 맛을 음미하게 될 것이다. 요리하는 사람의 마음이 즐겁고 평화로워야 음식 안의 에너지가 살아 있기 마련일 테니까. 앞으로 〈드림 셰프 코리아〉 우승까지 두 단계만 거치면 된다.

기적 같은 날들이었다. 댕이 말로는 내가 서류 심사를 통과한 것만도 천지를 개벽할 일인데 세미파이널까지 오른 것은 전생에 미스코리아를 열 번은 구하고도 남았을 거라고 했다. 내가 전생에 나라를 몇 번이나 구했는지, 몇 명의 미스코리아 목숨을 구했는지, 알 길은 없으나 지금 이 시간에도 요리를 위해 꿈을 키우고 일주일 내내 음식 관련 공부를 하고 연습하고 자격증을 따는 사람들에게 미안한 마음이 들었다.

내 꿈은 우연히 시작되어 설익고 어설펐다. 하지만 음식을 만들고 즐기는 열정만은 그들 못지않다고 확신한다. 외롭기만 하던 옛날, 홀로 이것저것 먹을 것이 없나 뒤적이던 어린 내가 이제는 가엾지 않다. 부모와 함께하는 밥상을 부러워하던 어린 나는 더 이상 없다. 혼자 뒤적이던 냉장고를 시간이 지나면서 댕이와 함께 살폈고 어설프지만 이런저런 시도 끝에 요리라고 불릴 만한 것들을 하나씩 만들었다. 댕이와 이율에게 라면 대신 주먹밥도 만들어 주었다. 친부모가 곁에 없다고, 따뜻한 밥상이 없다고, 투정을 부리던 어린 날은 안녕이다.

시간이란 모든 것을 무디게 만든다. 분노도, 고통도, 괴로움도…… 마주치는 순간, 숨을 콱 막고 죽을 것만 같았던 세상의 부정적인 것들을 아무렇지 않은 것들로 감쪽같이 둔갑시키고 만다.

셰프D에게 할아버지의 심부름으로 떡을 드리고 돌아오던 날 밤, 나는 그와 레스토랑 앞에 쪼그리고 앉아 이야기를 나눴다. 맛있는 요리와 더불어, 술에 취한 할아버지를 위해 택시를 불러 준 친절에 감사 인사를 하고 싶었다. 할아버지는 〈1인을 위한 만찬〉에서 미리 축배를 들었기 때문에 내가 〈드림 셰프 코리아〉에서 승승장구하고 있다고 믿고 있었다.

"오디션 프로그램에는 왜 나가게 된 거야?"

이야기는 그렇게 시작되었다. 좋아하기 시작한 여자애의 마음에서 안심을 굽던 남자애를 몰아내기 위해서라고, 나도 그애를 위해 안심을 구울 수 있는 남자라는 것을 보여 주고 싶었노라고, 상금을 타서 할아버지의 떡집을 멋지게 변화시켜 주고 싶다고 말했다.

"독고용, 네 요리는 사랑 때문이구나."

그는 나에게 프랑스에서의 유년 시절을 이야기해 줬다. 원치 않았던 자신의 운명에 대해서, 버려진 운명에 대해서, 어딜 가나 이방인일 수밖에 없던 삶에 대해서. 끝없는 허기에 요리사가 되었다는 그의 말에 나는 눈물을 찔끔 흘렸다. 먹어도 먹어도 채울 수 없는 허기에 대해 우리는 잘 알고 있었다.

인생이 우리가 꿈꾸고 바라는 삶을 던져 주지 않는다고 삐뚤어지지 말지어다!

자신의 인생 목표를 알려 주며 셰프D는 입꼬리를 올려 웃었다. 그는 자기 삶의 배경 덕분에 더욱 다채로운 음식을 만들 수 있게 되었다고 말해 주었다.

"그래도 난 네가 부럽다, 독고용."

"왜요?"

"넌 적어도 이 땅에 남았잖아."

소박한 그의 미소에, 그리고 내 곁을 스치며 툭 치는 어깨 인사에 나는 왼쪽 가슴께를 쓱 문질렀다. 심장이 다시 뜨겁게 뛰었다. 앞으로 다가올 수많은 내일에는 좀 더 근사한 음식을 만들 수 있을 것만 같은 예감이 들었다.

"용아, 네 상대는 어떠냐?"

할아버지는 가게 한구석을 차지하고 있던 20인치 텔레비전에 케이블을 달았다. 라디오에서 흘러나오는 트로트 가락이나 흘러간 팝송에 콧노래를 흥얼거리는 것이 유일한 취미였는데, 방송에 나오는 나를 보겠다고 케이블을 설치한 것이다. 뽀얗게 먼지 쌓여 있던 텔레비전은 가게 중앙으로 나왔다. 할아버지는 케이블 채널을 돌릴 줄 몰랐다. 아예 처음부터 케이블을 달 때 업자에게 주문했다.

"거, 드림 셰프인가 하는 방송에 맞춰 주쇼."

요리에 관심 있으신 거냐고 묻는 업자에게 할아버지는 기다렸다는 듯 내 자랑을 했고, 가게에 오는 손님들에게 꼭 〈드림 셰프 코리아〉를 보라고 프로그램 홍보에도 앞장섰다.

꽃놀이 가는 단체 손님들이 맞춘 떡 때문에 가게 안은 정신이 없었다. 떡 포장을 하느라 바쁜 와중에도 할아버지는 〈드림 셰프 코리아〉의 재방송을 보느라, 눈과 손이 분주했다. 나는 연꽃무늬를 입힌 작은 백설기를 개인 용기에 포장하고 있었다.

그러다가 할아버지가 건넨 종이쪽지에 아연실색하고 말았다.

드림 셰프 코리아!
독고응 참가자에게 당신의 소중한 한 표를!

나는 쪽지를 손에 들고 할아버지 눈앞에 팔랑거리며 흔들었다. 헛기침을 하더니, 할아버지는 딴소리였다.

"네 상대는 어떠냐니까. 종이 그만 흔들어."

지난주, 나는 할아버지가 나에게 처음 해 주었던 돼지고기 요리로 고비를 넘겼다. 입양 오고 나서 언제 또 쫓겨날지 모른다는 스트레스 때문에 밥을 제대로 못 먹는 나를 위해 할아버지가 처음 해 준 고기 요리였다. 사내 녀석이 힘도 못 쓰고 비실대면 안 된다며 호통을 치던 할아버지가 눈에 선했다.

"이거 먹고 힘 써야 한다. 그래야 나랑 함께 오래 살 수 있다."

정육점에서 돼지고기를 잔뜩 끊어 온 할아버지는 다짜고짜 불판에 고기를 구웠다. 계속 굶었던 탓에 내 속은 기름진 음식을 소화하지 못했고 결국 탈이 나서 누워 버렸다. 하지만 할아버지는 포기하지 않았다. 당신이 몸살 날 때면 수시로 들이키던 쌍화탕을 붓고 수육을 만들었다. 그리고 당신만의 특제 소스를 만들어 나를 거두어 먹였다.

조명 탓이었을 것이다, 무대에서 초조하게 결과를 기다리며 나는 사지가 떨렸다.

'설마…… 할아버지가 이 모습을 보고 있는 건 아니겠지?'

무대가 주는 긴장감보다 할아버지가 걱정되었다. 손끝이 떨리기 시작했다. 나는 애써 침착한 표정으로 정면의 카메라를 주시했다. 온 세상이 나만, 오로지 나만 바라보고 있는 것 같았다. 할아버지는 그 날의 나와 똑같은 눈빛으로 내 대답을 기다렸다.

"네 상대 어떠냐고. 왜 꽃미남이라는 친구 말이다."

"꽃미남은 무슨. 그냥 막 비벼 놓은 짜장면같이 생겼어요."

그러나 언제 봐도 신동빈은 꽃돌이, 자타가 공인하는 꽃미남이었다. 시큰둥한 내 대답이 마음에 들지 않았는지, 포장한 떡 상자를 휙 밀어 버렸다.

"독고용. 너, 땡이다."

"왜요, 할아버지? 뭐가요?"

"완전히 엉터리잖냐."

할아버지의 시선이 텔레비전 속, 신동빈에게 향해 있었다. 재방송이었다. 정확하고 현란한 신동빈의 칼놀림에 적잖이 반한 눈치였다. 신동빈이 요리를 시작하면 카메라맨과 스텝들의 움직임이 분주해진다.

"네 상대, 멋지잖냐. 뭐가 비벼 놓은 짜장면이야. 난 저런 짜장면 본 적 없구먼."

괜히 심통이 났다. 적어도 세상 사람들 모두가 신동빈 편을 들어도 할아버지는 온전한 내 편이여야 하지 않나. 그것이 유일한 나의 가족이 나에게 보낼 수 있는 응원이 아닐까.

"용아, 내 눈엔…… 내 눈엔 너만 보인다. 그래서 그래."

나의 두뇌로 이해할 수 없는 대화는 사절이다.

"내 장한 아들의 상대가 시시하면 안 되지. 상대가 멋져야 그 상대와 대결하는 내 아들이 더 빛날 것 아니냐"

과도한 언사는 과도한 스킨십만큼이나 위험하다. 손끝이, 나의 손끝이 행주 하나 들지 못할 정도로 떨렸다. 떨리는 내 손을 슬며시 잡는 할아버지를 곁눈질로 보았다. 할아버지의 눈동자에는 정말 나만 가득했다.

세미파이널로 올라가기 위한 오디션을 앞두고 조리 순서를 되짚어 봐도 통과할까, 말까인데 이게 무슨 심장 떨어지는 말인가. 놀이공원에서 바이킹을 처음 탔을 때처럼 긴장과 흥분과 울렁거림이 동시다발적으로 내 심장을 공격했다.

환하게 비치는 무대를 바라보고 선 순간, 나는 지독한 외로움을 느꼈다. 휘청거린 순간마다 할아버지가 생각났다.

나는 테이블 아래로 할아버지의 손을 꼭 잡았다. 깍지를 끼고 마주 잡아 주는 할아버지의 손, 아무래도 중독될 것 같다.

"손 놔라, 주문 밀렸다."

무대 위의 MC가 오늘의 출연자를 소개한다. 손에 땀이 배이기 시작한다. MC가 경쾌한 멘트로 무대 오프닝을 시작했다. 언제나처럼 댄디한 차림과 귀에 착착 감기는 말로 방청객과 시청자들을 현혹할 것이다.

"왜 요리를 하는가?"

쇼가 시작되었다. 사람들의 환호성과 함께 무대를 향해 수십 대의 카메라가 재빨리 돈다. MC의 질문에 방청객들은 한마음, 한뜻으로 같은 대답을 외쳤다.

"드림 셰프 코리아!"

세상의 모든 음식은 추억이다, 그것이 긍정적인 것이든, 부정적인 것이든. 그리고 추억의 중심에는 언제나 사랑하는 사람들이 존재한다. 나는 무대 밖 방청석을 가득 메운 사람들을 주시했다. 눈부신 조명이 쏟아지는 무대와 달리, 어둠에 있는 방청객들은 마치 유리병에 담긴 양파 피클 같았다. 유리병 속을 가득 채운 간장에 잠긴 양파, 간장에 녹아 새하얀 빛을 잃고 투명하게 어둠에 잠겨 드는 양파. 〈드림 셰프 코리아〉에 출연한 요리 경연자들의 손끝에서 탄생하는 음식들을 보면서 저들은 무슨 생각을 하고 있을까. 간혹 나는 반짝이는 저들의 눈빛에서 추억을 예감하고는 한다.

"오늘의 미션 주제를 발표하겠습니다!"

북소리와 함께 무대 중앙으로 미션 주제가 내려왔다. 하늘에서 붉은 팥이 쏟아졌다. 무대 중앙에 설치된 커다란 투명 볼 안으로 셀 수 없이 많은 팥이 소낙비처럼 내렸다. 전신으로 서늘한 기운이 스몄다. 아침에 유난히 낯빛이 창백했던 할아버지가 쏟아지는 팥 사이로 불쑥 나타났다.

다음 라운드 진출은 아무래도 좋았다. 지금 나에게는 할아버지뿐이었다. 빌어먹을 생방의 묘미는 꺼지라고 했다! 최종 라운드 무대에 서게 될 결과 발표를 앞두고 나는 내 눈을 의심했다. 결과 발표는 마지막으로 선택될 한 명을 남기고 있었다. 카메라가 나를 클로즈업했다. 표정 관리를 해야 할 텐데 지금 나에게 그런 여유는 없다. 조연출이 급하게 건넨 쪽지 내용이 머릿속에서 떠나지 않았다.

조부님 쓰러지심. 대한병원 응급실.

방송은 내 개인 사정과는 상관없이 좀 더 극적인 연출을 지향하고 싶은 모양이었다. 무대 아래쪽에 설치된 프롬프터에 자막이 올라왔다. 표정이 분명 엉망이 되었을 텐데 카메라는 계속 나를 비추었고 사회를 보던 MC는 비장한 표정으로 멘트를 날렸다.

"방금 들어온 소식인데요, 독고용 참가자는 쓰러지신 할아버지를 위해서라도 파이널 무대가 더욱 절실해진 상황입니다."

할아버지가 쓰러져서 병원으로 후송되었다는 멘트를 이들은 극적인 드라마 대본쯤으로 생각하는 모양이었다. 머릿속이 하얗게 변했다. 마지막으로 호명되는 이름 따위는 알 바가 아니었다. 더 이상 귓가에 아무것도 들리지 않았다. 카메라의 불빛이 꺼지기가 무섭게 나는 무대 아래로 뛰어 내려갔다. 생방송을 망치지 않고 끝까지 무대에 서 있었다는 것 자체가 내게는 기적이었다.

누군가가 내 팔을 붙잡았으나 나는 방청석을 지나 스튜디오 밖으로 나가야 한다는 생각뿐이었다. 방송국 로비를 지나 거리로 뛰쳐나갔다.

방송국 밖으로 나왔다. 미친 듯이 달려서 할아버지 곁으로 가야만 했다. 그러나 발길이 떨어지지 않았다. 나는 길을 잃은 어린애였다. 어디로 가야 할지, 어떻게 움직여야 할지, 눈앞이 암흑이었다.

"독고용, 타!"

신동빈이었다. 녀석 역시 무대에서 입고 있던 복장 그대로였다. 순백의 조리복은 팥물로 얼룩져 있었다. 붉은 팥물이 물든 새하얀 복장이 공포로 다가오는 순간이었다. 넋 놓고 서 있자, 신동빈이 악을 썼다.

"빨리 타라고! 병원에 안 갈 거야?"

본능이었다. 움직이지 않는 몸을 움직여 바이크에 오르고, 무서운 속도로 달리는 신동빈의 허리를 꽉 부여잡고 울지 않으려고 애를 쓴 것은.

인생의 수많은 날들을 버리고 버려지는 것에 대해 생각했다. 외면하고 피하고 싶었지만 버려진다는 것은 나에게 지울 수 없는, 떼어 낼 수 없는 영혼과 같았다. 버릴 수 없고 버려지지 않는 것. 결론 없는 고민이었고 남는 것은 언제나 두려움뿐이었다. 할아버지가 사라지면 나는 또 혼자다, 버려지는 것이다.

제길, 자꾸 눈물이 난다. 아무도 나를 위해 걱정하지도, 울어 주지도 않는데…… 나만 내가 안쓰러워서, 나만 내가 한심해서, 나만 내가 바보, 머저리, 병신 같아서 운다. 폼 안 나게 쪼그리고 앉아서 울었더니 다리가 찌릿찌릿하다.

"아이 씨, 우는 것도 내 마음대로 안 되네. 왜 다리까지 저리고 지랄이야."

코끝에 침을 발랐다. 한번 발라서는 어림도 없는지 다리에 전류가 쫘르르 흐르는 것 같았다.

딱! 이마가 화끈거렸다. 딱밤을 맞았다. 올려다보니 신동빈이었다. 시큰둥한 얼굴로 이 지구상에 인간이 나밖에 없는 것처럼 나만 뚫어져라 바라보고 있었다.

"울면서 코에 침이나 바르는 더러운 놈. 병실에 안 가고 뭐하는 청승이야?"

"못 가겠어."

이따위 고백을 왜 나는 신동빈에게 툭 털어놓고 말았을까. 후회하려는 찰나, 녀석이 말도 안 되는 질문을 했다.

"발 저려서?"

"……."

상종을 말아야지, 하고 있는데 갑자기 녀석이 쪼그리고 앉은 내 발을 툭 찼다. 병원까지 태워다 주지 않았으면 대들었을 것이다. 병원까지 신속하게 오려고 신동빈은 신호 위반, 과속, 정지선 위반과 불법 유턴까지 감행했다. 곱상한 범생이처럼 생긴 녀석이 그토록 무서운 질주 본능을 장착하고 있을 줄 몰랐다. 바이크를 모는 솜씨가 보통이 아니었다. 독심술이라도 익혔는지 단번에 내 마음을 알아챘다.

"중딩 때 라이딩했어. 길에서 살았다, 됐냐?"

"아이 씨!"

다리가 풀려 엉덩방아를 찧고 말았다. 저린 다리는 나을 기미가 보이지 않았다.

"할아버지 기다리시게 할 거야?"

무심함에 감춰진 위로는 치명적이다. 나는 기어이 소리 내어 울고 말았다. 꺼이꺼이. 거위 새끼가 목을 놓아도 내가 내지르는 소리보다는 낫겠다.

"울려면 그렇게 울어. 사내자식이 기 못 펴고 쪼그리고 앉아 궁상떨지 말고. 자신 있게, 생기 있게 울라고. 그래야 눈물도 '아, 이 호탕한 자식한테 오래 붙어 있으면 안 되겠다' 마음먹지."

가슴이 들썩일 만큼 크게 숨을 들이마셨다. 좀 진정이 되려나 싶었지만 놀란 마음은 들숨 한번으로 쉽게 가라앉지 않았다. 뼈마디가 하얗게 질리도록 꽉 움켜쥔 주먹을 가만히 가슴에 댔다.

"다 울었으면 어서 올라가. 너희 할아버지, 너 기다리고 계실 거야."

"아닐 거야. 내가…… 내가 아침에 얼마나 모진 소리를 했는데."

집에서 나오기 전, 병원 진료를 받지 않았다는 사실을 안 나는 할아버지에게 악다구니를 해 댔다. 일찍 죽으려면 뭣하러 나를 데려왔냐고, 악을 썼다. 장례 치러 줄 아들놈이 필요했던 거냐며 막말을 했다.

"못된 소리 하는 거, 신경도 안 쓰실 거야. 어른 기다리게 하는 거 아니다. 용용, 잔소리 말고 어서 가."

발걸음을 옮겨도 될까, 신동빈이 나를 향해 고개를 끄덕였다. 그리고 확신에 찬 목소리로 나의 발걸음을 가볍게 만들었다.

"아무리 악마 같은 아들이라도 넌 소중한 아들이야. 내가 알아."

더 이상 설명하지 않아도 나는 동빈의 말뜻을 이해한다. 늦기 전에 가서 할아버지 얼굴을 보고 사과를 하고, 어긋나 깨지고 벌어진 관계를 다시 야물게 붙여 놓아야 할 것. 나를 속였다는 원망, 나를 서럽게 만들고, 내가 정작 원하는 것이 무엇인지 봐 주지 않았다는 서운함. 하지만 그 모든 것이 나를 위한 배려였다는 것.

나는 어리광을 부리고 있었던 거였다. 단지 할아버지가 내 손을 놓았다는 사실 하나로, 할아버지가 왜 내 손을 놓을 수밖에 없었는지에 대한 이유는 모른 척한 채 내 욕심만 차리게 해 달라고 떼를 쓰고 있었다. 할아버지 없는 세상에서 내가 혼자 남았을 때 느껴야 할 두려움과 어떻게든 당신 없이도 풍족하게 살 수 있게 만들려는 할아버지의 고단한 삶에 대해서 나는 '혈육이 아니니까 속인 것 아니냐'는 이유 하나만 들어 내 상처가 가장 크고, 내 상처가 가장 고통스럽다고 악쓰며 울고 있었던 것이었다.

"제대로 된 레시피는 갖고 있냐?"

"흐흡…… 뭐…… 뭘?"

눈물이 목으로 넘어가는 바람에 우스꽝스러운 소리를 냈다. 하지만 대수랴.

"죽. 할아버지 속을 달래 줄 죽 말이야. 나한테 제법 귀한 우리 엄마 레시피가 있는데 말이야……."

"죽이라고 다 똑같은 죽이야? 우리 할아버지랑 너네 엄마의 상태가 다른데."

"내가 예전에 친구들이랑 놀다가 머리가 깨졌거든. 우리 엄마가 기절하고 며칠을 앓으셨어. 심장이 안 좋으셨거든. 그때 드셨던 미음이 있는데 말이야."

눈물 가득한 얼굴을 손으로 마른세수하고 동빈을 바라보았다.

"용용, 부모가 먹는 죽은 다 똑같아. 자식 때문에 뭉친 속 푸는 죽이니까."

눈앞이 새하얬다. 수만 개의 백열등이 눈앞에서 터지는 순간이었다. 차라리 내 눈이 멀었으면 좋으련만……. 할아버지의 심장이 걱정스러웠다. 운명의 신이 있다면 나는 항의하고 싶었다. 난 아직 어린애라고, 행복을 제대로 맛보지 못한 어린애일 뿐이라고. 그러나 운명의 신은 나를 못 보는 게 확실했다. 그렇지 않고서 이토록 철저하게 나란 인간에게 주기적으로 좌절과 절망을 한 세트로 주지는 않을 테니.

할아버지는 병실의 창가 침상에 누워 있었다. 마지막 파이널 무대를 직접 보시지는 못할 것이다. 햇빛이 가득한 창가에서 나를 맞이하는 할아버지는 딴사람 같았다. 전혀 아픈 사람 같지 않았다. 그저 쉬고 싶어하는 노인의 모습이었다.

신동빈은 약속을 지켰다. 스페셜이라고 불리는 죽 레시피를 나에게 건네줬다. 손글씨로 쓴 레시피는 정성이 가득했다.

죽을 쒀서 할아버지에게 건넸다. 내게서 가지죽이 담긴 보온병을 받아 드는 할아버지의 손은 동빈이 나에게 보여 줬던, 사진 속 어린 동빈을 품에 안은 동빈의 엄마와 똑같은 온기를 갖고 있을까. 쉬지 않고 떡을 만들며 상심한 나를 다독이고, 나를 위해 밥을 짓고, 사춘기 시절엔 아무것도 아닌 일로 잔뜩 심통 부린 나를 웃게 하려고 간지럼 태우며 꼭 붙들어 주던 할아버지의 손은 따뜻했을 게 틀림없었다.

요 며칠, 신동빈이 건네준 죽 레시피 덕을 단단히 보는 중이다.

"네가 죽을 쒀 올 줄 알았다면 안 사 왔을 건데."

댕이는 먹음직스러워 보이는 소고기 야채죽을 펼쳐 놓던 손을 멈췄다. 고소한 냄새가 병실에 가득했다.

"내 건 별거 없어. 그냥 죽인데, 뭐. 댕이, 네가 사 온 게 더 맛있을 거야."

"에이, 웬 겸손?"

어색한 침묵이 흘렀다. 할아버지가 아무 말을 않으니 댕이도 나도 어색했다. 아마 댕이는 남의 집안일에 껴들기에 적당한

구실을 찾아내지 못해 제 발등만 보고 있는 것일 거다. 댕이의 모습이 똥 마려운 강아지 같았다.

"그래도 미래의 드림 셰프가 만들어 온 죽인데 파는 것보다 훨씬 낫겠지. 안 그래요, 할아버지?"

이제와 깨달았지만 댕이는 눈치와 센스를 겸비한 여자애다. 누구에게나 불편함이 없도록 살피는 댕이의 세심함이 좋았다. 아마도 댕이의 그런 성격 때문에 우리는 쉽게 친구가 될 수 있었는지도 모르겠다. 댕이는 나에게 늘 관대했다.

"앗, 마실 걸 깜빡했다. 용, 마실 것 좀 사 올게."

병실 문을 닫으며 댕이는 나에게 윙크를 해 보였다. 할아버지는 말없이 보온병을 열더니 작은 그릇에 내가 끓여 온 죽을 덜어 냈다. 담백한 죽이었다. 심신이 지친 할아버지한테 무리가 없을 거였다. 가지를 아주 잘게 썰어 넣었다. 그러나 할아버지는 시력에 문제가 생기면서 지방을 분해하는 능력까지 잃었는지, 아니면 식욕을 잃었는지 그릇에 담은 죽을 멀거니 바라보기만 했다. 환자복을 입은 할아버지가 유난히 작아 보였다.

"용, 할애비한테…… 할 말 없냐?"

나는 할아버지가 원하는 대답을 알지 못한다. 그러나 대답은 해야겠다고 결심했다.

"식기 전에 먹었으면 좋겠어요."

그게 전부였다. 할아버지는 내가 만들어 온 죽을 두 그릇이

나 비웠다, 묵묵히. 그리고 곁에 가만히 서 있는 나를 돌아보고는 '이제껏 먹어 본 죽 중에 제일 맛있다'라는 말 대신 "집에 가고 싶은 맛이야. 돌아가면 텔레비전 볼게. 너, 아직 〈드림 셰프 코리아〉에서 떨어지지 않았지?"라고 물었다. 그다지 인상적인 말도 아니었고 대단한 미사여구가 덧붙여진 말이 아니었는데도 나는 롤러코스터를 탄 것처럼 가슴이 울렁거렸다.

"난 아마 천국에서도 너 하나쯤은 그리울지도 모르겠다."

그 말이 가슴을 쳤다. 아리고 먹먹한 떨림에 등 뒤에 누워 있을 할아버지의 얼굴을 돌아보지 못했다. 고개를 돌리면, 발길을 돌리면, 바보처럼 큰 소리를 내어 울 것 같았기 때문이었다.

"파이널에서 할아버지가 좋아할 만한 것으로 만들게요. 뭐 드시고 싶은 거 있어요?"

끝끝내 고개를 돌리지 않고 등을 보인 채 물었다. 버르장머리 없는 녀석이라고 한 소리했을 법도 한데, 침묵만 흘렀다. 할아버지는 내가 당신의 집에서 함께 살게 되자, 딱 한 가지만을 부탁하고 교육시켰다.

'말할 때는 가슴을 펴고 상대방의 눈을 똑바로 보고 이야기해.'

적막을 깨고 내 귓가에 와 닿는 할아버지의 메뉴는 결국 나를 뒤돌아보게 만들었다.

"죽기 전에 내가 만족하고 죽을 수 있을 법한 음식을 만들어 줘. 그게 내 부탁이다. 용아, 할 수 있지?"

할아버지는 머릿속으로 내가 만들어 줄 음식을 상상이라도 하는 듯, 두 눈을 지그시 감고 있었다.

"할아버지, 난…… 난 분해요! 왜 난 행복해지면 안 되는 사람처럼 항상…… 항상 불행한 일들만 내 차지인 거죠?"

"용용, 네가 겪는 지금의 이 분노도, 괴로움도 결국에는 아무것도 아닌 게 될 거야. 그리고 넌 불행하지 않아. 하나뿐인 내 아들이잖냐."

할아버지의 얼굴 가득 나른한 미소가 번져 있었다.

"용아, 사람은 누구나 죽는다. 그러니까 그런 표정 짓거들랑 여기 오지 마라. 음식하는 사람은 기쁜 마음이어야 해. 손끝에다 묻어나거든, 네 감정이 말이다."

고개를 천천히 들어 할아버지를 보았다. 그리고 아프게, 아주 아프게 미소 지었다. 할아버지는 그런 나를 향해 미소 지었다.

"이놈아, 난 쉽게 죽지 않아. 못난 네 얼굴이 살짝 안 보일 뿐이지."

사람 일은 한 치 앞도 볼 수 없는 법이다. 한 치 앞도 볼 수 없다는 건 어떤 느낌일까. 암흑 속을 걸어 본 적이 없다. 아마

평생을 두고도 그럴 일은 없을 것이다.

할아버지가 곧 그 암흑 속을 걸어간다. 망막색소변성증이라고 했다. 너무 늦게 발견한 탓에 실명을 예방할 수 없는 단계에 이르렀다. 나는 난생처음으로 누군가에게 위로를 받고 싶었다.

"댕."

"응?"

깊은 밤이다. 할아버지의 병명을 알아 버린 날. 제3자로부터 할아버지가 아프다는 말을 듣는 느낌은 설명할 수가 없는 것이었다. 너무 갑작스러워서 울어야 할 눈물도 미처 저장해 놓지 못한 상태였다. 놀이터의 적막은 사람을 이상하리만치 차분하게 만들었다.

"사춘기는 날벼락 같아, 눈이 점점 머는 것처럼 말이야."

나는 메마른 눈을 하고 밤이 늦도록 그네를 탔다. 나는 브레이크가 고장 난 자전거에 올라타 버린 느낌이 들었다.

12-1. 천국의 레시피 : 독고용의 파이널

빛이 쏟아진다. 따뜻하다. 마음이 저절로 푸근해진다. 뭐든 다 잘될 거라는 믿음을 갖게 만드는 온기라니…… 쿡쿡, 자꾸만 웃고 싶어진다. 춤이라도 춰야하나, 이런 기분에는?

"요리사도 발레리나와 같아. 심장 뛰듯이 하루도 쉬지 않고 연습해야 하는 발레리나처럼 요리사도 심장 뛰듯이 계속 계속 만들다 보면 내 심장뿐만 아니라, 모두의 심장을 건강하게 만들 수 있거든."

〈드림 셰프 코리아〉 방송이 종영되면 댕이에게 명언집이라도 출간하라고 조언해야겠다. 온갖 폼은 다 잡고 멋진 말을 주루

룩 내뱉어 놓고 기억 못 할 게 뻔하니까 내가 좀 도와줘야겠다.

카메라가 돈다. 환한 조명 탓에 눈을 똑바로 뜨기가 힘들었다. 곧 익숙해지겠지. 어설프게 뜬 눈 때문에 화면의 나는 조금 어벙벙한 모습일지도 모르겠다. 오동춘 씨는 아마도 자신이 텔레비전에 나왔더라면 원빈이나 현빈이 연예계 은퇴 선언을 할 거라고 자신만만해 했을 거다.

"인생을 요리하라! 〈드림 셰프 코리아〉! 드디어 기다리던 파이널 무대입니다."

MC의 멘트에 맞춰 카메라가 가까이 다가왔다. 클로즈업으로 잡히기에 아직은 자신 없는 외모인데…… 뭐, 그래도 방송 후에 인터넷 댓글에 '독고용, 살인 미소 작렬', '용, 내 서방', '시크한 미소가 짱짱짱!' 같은 내용이 올라간 것을 보니 셰프계의 아이돌이라고 자축해도 좋지 않을까나. 동네 재래시장에서 몇몇 분은 나를 알아보고 덤을 주거나 물건값을 깎아 주기도 했다. 유명세라는 것, 나쁘지 않다. 누군가 나를 알아본다는 것이 더 이상 두렵지 않았다.

"〈드림 셰프 코리아〉 파이널 무대의 주제를 공개합니다!"

무대 중앙의 대형 스크린에 3D 입체 화면으로 천사들의 모습이 가득 찼다. 분명히 전부 가짜라는 것을 알고 있는데 내 심장은 그 어느 때보다 미친 듯이 뛰었다. 화면 속의 천사가 나에게 다가왔다. 커다란 날개를 펄럭이며 꿈처럼 내 앞으로 다가와 눈앞에 새로운 주제를 펼쳐 보였다.

천국의 만찬

마지막 미션을 눈으로 확인한 순간, 입안으로 온갖 맛이 느껴졌다. 그중에서도 구수한 맛을 잊을 수가 없었다.

'독고'라는 성을 가지게 된 날 밤, 할아버지는 나에게 닭죽을 끓여 주며 말했다.

"우린 이제 죽을 때까지 한 가족이다."

닭죽은 할아버지만의 환영 인사였으며 나를 위한 배려였다. 두 번의 파양을 통해 내가 얻은 사실이 있다면, 새집에 간 첫날에는 심하게 탈이 나서 설사를 하는 것이었다. 첫 번째 어머니고 두 번째 어머니고 반응은 같았다. "어머, 이게 무슨 냄새야?"이거나, "아이쿠야, 냄새!"였다. 나는 죄를 지은 기분으로 새 가족의 보금자리에서 첫날을 맞이해야만 했다.

할아버지는 달랐다. 놀란 내 속을 달래기 위해 닭죽을 끓였다, 할아버지만의 방식으로. 다진 채소를 넣고 닭가슴살을 잘게 찢어 닭죽을 내 앞에 밀어 주었다. 나는 새집에 온 첫날, 빈속으로 잠자리에 들지 않아도 되었다. 나는 졸음에 취해서도 입안에 남아 있는 닭죽의 고소함에 단잠을 이룰 수 있었다.

오동춘 씨가 한밤에 우리 집 대문을 두드린 날도 그에게 마지막으로 건넨 음식은 닭죽이었다. 오동춘 씨 또한 새벽에 우리 집을 몰래 나서면서 입안에 어떤 기억을 품고 나갔는지 나는 알지 못했다. 그러나 오동춘 씨의 입안에도, 마음에도 온기가 남아 있기를 바랐다.

한밤중, 대문 밖에 엉망인 모습으로 서 있는 오동춘 씨를 보고 할아버지나 나나 떠올린 것은 그의 끼니였다.

"배가 고프네요. 따뜻한 밥 한 그릇이 생각났는데 여기밖에 안 떠오르더라고요."

밤거리의 수많은 24시간 영업하는 밥집을 놔두고 우리 집이라니! 닭죽을 끓였고 오동춘 씨는 닭죽 그릇을 깨끗이 비우는 동안 말이 없었다. 목이 메는지 두어 번 가슴을 치기도 했다. 내 곁에 누워 잠자리에 들 무렵, 어둠 속에서 그가 말을 꺼냈다.

오동춘 씨는 그날 밤 일을 차곡차곡 풀어놓았다. 『천일야화』의 세헤라자데인 양, 천천히 당신의 이야기를 나에게 읊조렸다. 여자가 오동춘 씨에게 할 말이 있다고 했고 오동춘 씨는 이를 갈며 "꺼져라."라고 했단다. 꺼지라고는 했지만 그것이 진심이었는지, 아니었는지 모르겠다고 했다. 순순히 자신의 말을 듣지 않을 여자이기에 신경이 쓰였다고 했다. 밤은 깊었고 클럽 근처는 위험했고 만취한 취객들과 그저 그런 양아치들, 혹은 더 나쁜 놈들이 있을지도 모르니까. 어쩌면 생일 축하한다는 여자의 말에 심하게 흔들렸을지도 모르겠다고 고백했다.

오동춘 씨는 아니라고 하지만 그는 첫 번째 비치를 잊지 못하고 있었다. 잊었다면 입 밖으로 비치를 꺼내서는 안 되었다. 그러나 그는 심심할 때면, 누군가와 대화를 나누다가 소재가 떨어지면, 아니면 무심코 자신의 첫 번째 비치에 대해 이야기했다. 애정이었다. 요리를 하나도 못했다던 그의 비치, 자신의 혀를 망가뜨렸다는 그 비치를, 그는 분명 잊지 못하고 있었다.

"용용, 나에게 나쁜 년이었다고 세상 모두에게 나쁜 년은 아니잖아. 꼭 불행해질 필요는 없는 거 아니냐?"

알 수 있었다, 오동춘 씨가 베개를 적시고 있다는 것을.

'원망이 불행을 없앨 순 없고 잔혹함이 분노를 막을 순 없다. 그리하여 나를 구원한 것은 그대다. 잠 못 드는 나를 위해 찾아온 그대, 나의 세헤라자데.'

샤리아르 왕은 세헤라자데 덕분에 단잠을 이룰 수 있었겠지만 나는 오동춘 씨 덕분에 뜬눈으로 밤을 새웠다. 이른 새벽, 그가 도둑고양이처럼 방문을 열고 사라지는 것을 알면서도 나는 아는 척하지 않았다. 떠나기 전, 혼잣말로 중얼거리던 그의 마지막 말 때문이었다.

"용용아, 네가 끓여 준 닭죽 사식으로 넣어 줄 수 있어?"

"사…… 사식이요?"

세상에 하고 많은 음식 중에 '사식'이란 이름의 요리가 있던가. 나는 내가 알고 있는 사식의 의미와 그가 내뱉은 사식이란 단어의 뜻이 동일한 것인지 확인하고 싶었다.

"간다."

이른 새벽, 그가 마지막 인사를 건넸다. 오동춘 씨의 발길이 향하는 곳이 어디인지 감지할 수 있었다. 나는 그 어떤 위로의 말도 알지 못했다. 어설픈 위로의 말을 건네느니 나중에, 오동춘 씨가 그랬던 것처럼 나 역시 그를 찾아 닭죽을 보온병에 담아 들고 불쑥 찾아갈 것이다.

나의 메뉴는 정해졌다. 특별할 것도 없고 뛰어날 것도 없는 요리였다. 나의 닭죽을 먹은 오동춘 씨는 앞으로 충분히 행복해질 권리가 있었다.

스포트라이트를 받고 있는 부상품이 제자리에서 뱅글뱅글 돌고 있었다. 중형 세단이었다. 면허증을 따려면 멀었는데 그 야말로 그림의 떡이었다. 사람 욕심이란 끝이 없는지 검은 세단의 곡선이 마음에 들었다. 뒤늦게 〈드림 셰프 코리아〉의 상금과 부상이 뭔지 안 할아버지는 기왕 나간 마당에 빈손으로 와서는 절대 안 될 말이라고 단단히 못 박았다. 손해 보는 장사 운운하며 사업가 기질을 보여 줬다. 나를 보며 웃는 할아버지의 눈동자는 내가 아닌 먼 미래를 보는 듯했다. 눈은 점점 멀고 있지만 할아버지의 눈동자는 점점 맑아지는 듯했다.

"난 다 보인다. 네가 드림 셰프가 되는 거. 안 보이는 게 아니야. 더 뛰어난 마음의 시력을 갖게 되었다고."

마지막 파이널 무대에 올라가기 전에 할아버지는 나를 찾아 격려해 주었다.

"부디 우승해서 중형 세단의 차 키를 나에게 다오. 나가서 아들 자랑 좀 하게 말이야."

아들 자랑이라…… 월드컵 경기에 나가 수만 관중 앞에서 골을 넣은 기분이었다.

상차림을 끝내 놓은 음식을 똑바로 바라볼 수가 없었다. 주체할 수 없는 눈물 때문이었다. 음식을 만드는 동안, 참았던 눈물이 터져 버렸다.

"자아, 그럼 발표하겠습니다! 〈드림 셰프 코리아〉 파이널 무대 최종 우승자는……."

사회자의 입에서 나올 마지막 이름은 아무래도 좋았다. 방청석을 가득 메운 사람들 속에서 나는 할아버지를 찾았다. 한 번도 깨닫지 못했었는데 할아버지는, 나와 똑같은 웃음을 짓는 사람이었다. 미간이 씰룩거려 찡그리는지, 웃는 건지 구분이 가지 않았다. 그러나 입매만은 부드럽게 하늘을 향해 휘어져 있었다.

귓가에 들리는 사회자의 음성보다 방청석에서 환한 얼굴로 나를 지켜보는 할아버지의 모습에 내 심장은 또다시 세차게 뛰었다. 나는 머리 위로 두 손을 번쩍 치켜들었다.

12-2. 천국의 레시피 : 집으로 가는 길

"신동빈 군, 천국의 레시피! 이 요리의 제목은 따로 있나요?"

"네, 있습니다."

"뭔가요?"

카메라가 내가 만든 요리를 잠깐 잡더니 내 얼굴을 비추었다. 나는 또박또박 천천히 대답했다.

"당신의 지팡이."

생뚱맞은 소리였을 것이다. 하지만 나의 사람들은 이런 내 대답에 고개를 끄덕여 줄 것이다. 모자랐던 나를, 외로웠던 나를, 떼쓰고 어리석었던 나를 여기까지 올 수 있게 용기를 내게 만들었던 것은 바로 당신들이 내민 손이었다. 당신들이 나에게 건넸던 말이었다. 당신들이 나에게 보여 주었던 따뜻한 눈빛이었다.

쓰러져 있던 나를 일으켜 세운, 나의 지팡이가 되어 준 당신들에게 고맙다고 외치고 싶다. 그리고 이제 나는 나만의 방법으로 당신의 지팡이가 되겠다.

아버지는 지팡이를 짚게 되었다. 평생은 아니고 다리가 나을 때까지만이었다. 그러나 아버지의 다리가 완치되는 데에 얼마의 시간이 걸릴 지는 아무도 모른다.

레스토랑 〈夢〉에 화재가 났다. 화재 원인은 아직 밝혀지지 않았으나 그 사고로 아버지는 다리에 큰 화상을 입었다. 욕심 때문이었다. 레스토랑 개업을 열흘 앞두고 있던 시기였다. 화재 소식에 근처 가게에 있던 아버지가 한걸음에 달려갔고, 뒤도 안 돌아보고 불길 속으로 뛰어 들어갔다고 했다. 목격자의 진술에 따르면 아버지는 미친 사람 같았다고 했다. 불을 끄려고 자신의 다리에 불이 붙은 줄도 모르고 안간힘을 썼다고 했다.

아버지는 오른 다리 전체에 화상을 입고 근육, 인대까지 손상되었다. 왜 그랬냐는 물음에 아버지의 대답은 간단했다.

"레스토랑은 동빈이 네 것이다. 그 레스토랑은 네 꿈의 시작이 되어야 해."

"아니에요! 그건 아버지 욕심이라고요!"

"난, 난 그저 네가 나처럼 말고…… 그저 편하게 요리했으면 했다. 그 누구에게도 허리를 굽히지 않고 당당하게 말이야."

"난 그런 걸 바란 적 없어요."

"그래, 넌 그런 걸 바란 적 없지. 하지만 내 잘못으로 네 엄마가 고생만 하다가 그렇게 된 것도, 어린 네가 엄마와 떨어져서 살 수밖에 없던 것도 나 때문이니까. 나는…… 너에게만은, 아주 나중에 네가 네 가족과는 떨어지는 일 없이 살게 해 주고 싶었다."

미래의 일이었다. 열여덟의 나는 과거의 기억에서 벗어나지 못하는데 아버지는 미래의 내 가족을 위해 꿈을 꾸고 있었다.

병원에서 퇴원해 집으로 오던 날, 아버지는 지팡이를 짚고 있었다. 그리고 다음 날 어김없이 지팡이를 짚고 일터로 나갔다. 침대에서 빈둥거릴 만큼 돈을 벌었고 황금 지팡이를 살만큼 부자였다. 하지만 아버지는 어디서 구했는지 곧 부러질 것 같은, 아니 이름 모를 야산에서 어느 등산객이 짚다가 버렸을 것 같은 오래된 나무 지팡이에 자신의 체중을 의지한 채 가게로 나갔다.

분노로 가득 찬 내 마음을 달래 주었던 매시 포테이토, 할아버지의 찐 감자, 나의 웰던 스테이크의 보답으로 댕이 만들어 준 스토우베리 크림케이크, 셰프D에게 배웠던 나의 첫 마들렌, 댕이를 위해 구웠던 안심, 엄마의 녹두전, 〈바닷가 작은 집〉의 바지락칼국수······ 살면서 먹었던 모든 음식의 맛이 되살아났다. 짜고 맵고 시고 쓰고 달고 알싸한 세상의 모든 맛들······. 아직 제대로 익지 않은, 여물지 않은 기쁨과 슬픔, 분노, 울분, 유쾌함, 즐거움, 서운함, 답답함. 모든 감정들은 내가 씹었던 음식과 함께 소화되고 나를 자라게 할 것이라는 확신이 들었다.

모든 것이 끝났다.

파이널 오디션의 결과가 남았지만, 나는 예전과 달리 모든 것을 희망적으로 바라보고 있다. 우연히 주어진 기회를 잡았고 그 기회를 놓치지 않았다. 그것이 백 퍼센트 사실이냐고 묻는다면, 아주 티 안 나게 고개를 갸우뚱할지도 모르겠지만 나름대로 최선을 다했다. 어떻게 아냐고? 즐겼으니까. 재료를 선별하고 칼질하고 프라이팬을 달구고 각종 소스를 만들고 굽고 찌고 튀기며 간을 보는 모든 과정을 사랑했으니까.

재료를 선별해 요리하는 동안의 나는 예술가였으며 신이었다. 저마다 지니고 있는 향과 맛을 내 욕심과 목표로 망가뜨리는 것이 아닌 저마다의 맛과 향을 한 단계 업그레이드시키고자 했다.

나만 힘들고 외롭다고 단정 짓던 그때, 그래서 세상 그 어떤 것에도 마음을 주지 못했던 그때, 누군가를 위해 차리는 식탁에서 가장 중요한 것은 테크닉이 아니라 요리하는 사람의 애정이라는 것을 알려 주고 싶어했던 셰프D와 나의 철없는 행동을 모른 척 외면할 수밖에 없었던 아버지의 가슴에 숨어 있던 삶의 무게, 〈엔조이 샌디〉의 따뜻하다 못해 뜨거운 애정, 세상에 없는 엄마……. 이 모든 것들이 나를 쓰고 달게, 맵고 짜게, 떫고 새콤하게 단련시켰다.

지금 만약 셰프D가 '행복하니?'라고 묻는다면 나는 '아마도요'라고 대답할 수 있지 않을까.

3번 카메라가 나를 향해 방향을 틀었다. 카메라에 붉은 불이 켜졌다. 1번 카메라에 클로즈업으로 비친 사회자가 나에게 질문을 던졌다.

"신동빈 군, 오늘의 우승자를 호명할 때 동빈 군의 이름이 불릴 것 같습니까?"

나는 대답 대신 웃어 보였다. 이제야 제대로 웃을 수 있게 되었다. 코끝이 씰룩거리고 심장이 잘 반죽된 밀가루처럼 말랑거리는 느낌이었다.

방송국 건물 밖으로 나오자, 신선한 바람이 코끝을 간질였다. 바람 냄새를 맡았던 적이 있었던가. 엄마와 아버지가 장사를 마치고 집으로 돌아올 때면 나는 종종걸음으로 달려가 아버지의 품에 얼굴을 묻었다. 아버지에게서는 시원하고도 낯선 냄새가 났다. 그것은 바람 냄새였다. 세상의 모든 향을 한 번씩 스치고 왔을 냄새.

지금 내 몸에 물들어 있는 맛있는 기름내, 소스 향내가 바람에 묻어 세상 어디론가 날아갈지도 모르겠다. 그러면 누군가 그 바람 냄새를 맡고 집으로 돌아가겠지. 내가 아닌 어린 나의 분신이 그 바람 냄새를 아버지의 품에서, 엄마의 품에서 맡을 수도 있겠다. 조금이라도 맛있는 냄새이길, 그래서 입맛을 쩝 쩝 다시며 무의식 중에라도 이 세상이 엄청나게 맛있을 거라 는 믿음을 갖기를…….

"기분 어때?"

독고용을 기다리고 있던 종달이가 내 곁을 지나가며 물었다. 종달이의 머릿결은 곧고 아름답다. 바람에 스친 종달이의 머 릿결에서 은은한 바닐라향이 났다. 단발머리가 제법 길어 이 제는 어깨에서 찰랑거린다. 뭐든 다 아는 지종달이 가만히 내 대답을 기다리고 있다. 이 애는 예전이나 지금이나 상대방을 기다릴 줄 안다. 제자리에 우뚝 서서 내 얼굴을 빤히 바라보며 기다린다.

'지종달, 얘는 언제나 이렇게 올려보며 나를 기다려 줬어.'

더 이상 나를 위해 기다리는 시간은 없을 것이다. 그 애도, 나도 변했다. 추억 속의 우리는, 과거의 시간 속에 남겨 두는 것이 가장 좋은 모습임을 지종달도, 나도 알고 있었다. 나는 코를 벌름거리며 정성스레 대답했다.

"좋아. 오늘보다 좋은 날이 오지 않을 것처럼 좋아."

환하게 웃는 그 애의 모습을 보고 있자니 덩달아 기분이 좋아졌다. 나에게 악수를 청하고 독고용을 향해 뛰어가는 지종달의 모습을 보고도 나는 행복하게 웃을 수 있었다.

마리안과 셰프D가 다가왔다. 마리안이 나를 품에 꼭 끌어안았다. 은은한 장미향이 풍겼다. 꽃밭에 와 있는 착각에 빠지려는 순간, 셰프D가 나를 밀쳤다. 마리안이 셰프D를 향해 곱게 눈을 흘겼다. 젊은 셰프의 품에 안기는 기분 좋은 순간을 망쳤다면서.

"셰프D, 인생과 요리의 공통점이 뭔지 알아요?"

"뭔데?"

누군가처럼 입꼬리를 슬쩍 올리며 의기양양한 태도로 대답해 주었다.

"바로 라이브 쇼라는 거예요."

참았던 숨을 툭 내뱉듯 던진 말에 셰프D가 백열전구보다 환하게 웃더니 내 손을 잡는다. 기름에 데고, 오븐에 데고, 칼에 베인 영광의 상처들이 옷깃에 매달린 이름표처럼 단단해진 손 마디마디에 자리 잡고 있었다. 분명 어제보다는 조금 더 자랐을 내 손이다.

"무엇이 되었든, 네가 만든 요리는 틀림없이 최고로 근사할 거야. 이제와서 말하지만, 나에겐 늘 네 요리가 최고로 근사했으니까."

"그럼요, 당연하죠. 누구 제잔데."

바람이 분다. 오래전에 맡았던 향기로운 냄새가 나를 부른다. 저 멀리 정문 입구에서 지팡이를 짚고서 아버지가 서 있었다. 나의 귀가를 기다려 주는 나의 사람…… 얼마 만인가, 이 벅찬 느낌은. 빨리, 가까이 다가가면 사라질 신기루인 양 나는 느리고, 천천히 아버지에게 다가갔다. 저 멀리 익숙한 걸음걸이를 한 사내가 다가온다. 천천히…… 그 걸음이 나와 닮았다. 그리고 엄마와 닮았다.

"가게 문까지 닫고 왔더니, 네가 생각한 천국의 만찬이란 것이 기껏 가정식백반이냐?"

아버지의 투덜거리는 소리에 자꾸만 눈물이 나오려고 했다. 아버지가 내 목에 헤드락을 걸었다. 온기가 가득 실린 헤드락이다.

"아, 왜요! 가정식백반이 어때서? 집밥이 얼마나 힘 나는데요. 천국의 만찬이 따로 있나, 맛있으면 그만이지."

나는 긴 시간을 건너 아버지에게로 걸어가고 있다. 나의 걸음은 분명 아버지의 걸음보다 느릴 것이다. 하지만 나는 조금씩, 힘을 키워 빨리 달려 보기로 결심했다.

좋은 날이다. 세상의 어디든 돌아가도 좋을 날이다. 이제는 진짜 가정식백반을 한 번 먹어 봐도 좋지 않을까? 나는 제대로 된 가정식백반을 차릴 줄 안다. 모양만 그럴싸한 백반이 아닌, 눈물의 짠맛과 마음으로 우려낸 깊은 맛, 웃음으로 걸러낸 단맛을 적절하게 섞을 줄 아는 가정식백반을 만들 줄 안다.

"동빈아, 집에 가자. 배고프다."

눈앞의 모든 것이 저마다의 풍미를 고스란히 담고 있다.

"세상에는 빵 한 조각을 위해 죽는 사람도 많다……
하지만 한 줌의 사랑을 위해 죽는 사람은 더 많다."

_ 마더 테레사

운명의 한 끼

어느 날, 서른 살을 훌쩍 넘긴 남동생을 무심코 바라본 적이 있었다. 오랜만에 얼굴을 마주한 밥상이었다. 해외에서 사는 동생과 밥상을 같이하기가 쉽지 않은 나날이었다. 그날, 문득 그런 생각이 들었다. 밥상을 마주하고 있는 이 애가 없었더라면 이 작품이 세상에 나올 수 있었을까?

함께 미래를 꿈꾸고 각자의 꿈을 향해서 부지런히 움직이던 우리. 그런데 생각해 보니 나는 하나밖에 없는 남동생의 꿈을 응원했던 적이 있던가 싶었다.

작가가 되겠다고 몸부림을 치던 습작 시절, 말이 좋아서 습작 시절이지 백수나 다름없던 세월이었다. 그러던 때에 동생은 아르바이트해서 번 돈으로 밤낮이 바뀌어 잠든 내 머리맡에 용돈과

쪽지를 남긴 적이 있었다. 2000년 6월 17일이었다.

'누나, 많이 못 줘서 미안. 이것 갖고 책 사서 읽어.'

산타클로스를 믿지 않는 나에게 네 살 터울의 남동생은 제대로 산타 노릇을 했다. 메모의 끝자락에 적힌 글자 앞에서 나는 살면서 느껴 보지 못한 감정을 맛봐야만 했다. 맛있는 것을 꼭 사 먹으라는 글귀, 맛있는 것이라……. 나는 그날, 돈가스 하나를 사 먹었다. 이상하게 목이 메인 기억이 났다. 씹지 않아도 스르륵 넘어갈 것 같은 수제 돈가스였는데……. 나는 무엇을 먹었던 것일까?

『드림 셰프』를 쓰는 동안, 그 애 생각이 많이 났다. 어린 시절, 나에게 재주넘기를 선보이다 책장 유리를 깨고, 달리기가 빠르다는 내 한마디에 늘 과자 심부름을 도맡아 했으며, 나의 외로운 런던 생활에 활력을 주려고 매달 한국 가요를 CD에 구워 우편으로 보내 줬던 동생이었다. 평소, 서로에게 살가운 남매도 아니지만, 그래도 슬쩍 흘리는 한마디, 한마디를 기억했다가 챙겨 주는 남동생에게 나는 고마움과 더불어 복잡 미묘한 감동을 느꼈다. 한 문장, 한 문장 써 내려갈 때마다 동생이 나에게 해 줬던 음식들을 떠올렸다. 아파서 누워 있는 나에게 단호박 퓨레를 끓여 준 그 애한테 나는 "이게 뭐냐? 너무 달다." 따위의 말을 건네던 철없는 누나였다. 그 미안함 때문이라도 나의 독고용과 신동빈은 더 멋진 녀석이 되어야만 했다.

한국에 들어올 때면 떡갈비를 잔뜩 만들어서 냉장고에 얼려 놓기도 했고, 온 가족을 다 불러서 제 손으로 코스 요리를 대접하기도 했다. 그 애가 만든 음식은 언제나 따뜻했고 맛있었다. 무엇보다 그 애가 음식을 할 때면 사람들이 부엌으로 몰려들어 시끌벅적했다. 그 모습이 참으로 좋았다. 재료의 단가가 무슨 소용이며 메뉴가 무엇이던 그게 대수랴!

이 작품을 쓰는 동안, 수많은 한 끼를 먹었다. 어떤 날은 색다른 음식을 먹기도 했고, 어떤 날은 늘 그렇듯 비슷비슷한 메뉴를 마주하기도 했다. 그러나 중요한 한 가지는 매번의 한 끼 끝에 나는, 배불렀다는 것이다. 무리지어 먹든, 혼밥을 하든, 나에게 "밥은 먹었니?"라고 묻는 사람들이 늘 주위에 존재했기 때문이다. 밥을 잘 먹어야 좋은 글을 쓸 수 있다고 믿으시는 부모님, 함께 밥을 먹으며 재미나게 책을 만들자던 여은영 편집장님, 그리고 나의 한 끼를 걱정해 주던 많은 이들에게 감사 인사를 전한다.
　나 또한 다른 이의 한 끼를 진심으로 걱정하는 좋은 인간이 되고 싶다.

2017년 봄!
같이…… 식사하실래요?
으랏차차, 이송현